JN196026

レクターガール・サイコ
LECTER GIRL PSYCHO
HOSHIZUKI WATARU
星月渉

レクターガール・サイコ
LECTER GIRL PSYCHO
星月渉
HOSHIZUKI WATARU
竹書房

※本書は、小説投稿サイト〈エブリスタ〉と竹書房のコラボ開催による長編ホラー小説コンテスト「竹書房×エイベックス・ピクチャーズ コラボコンテスト」の受賞作（エイベックス・ピクチャーズ賞／竹書房審査員特別賞）です。
物語はフィクションです。登場する人物・団体・名称は架空であり、実在のものとは関係ありません。

装画　カオミン
装幀　坂野公一＋吉田友美（welle design）

西彩子《にしさいこ》、連続殺人犯の娘。人呼んでレクターガール。

ファイル0

富士五湖と呼ばれる富士山を取り巻くように点在する五つの湖の中で、山中湖は最も大きく観光客も河口湖についで多い。もちろん山中湖の湖畔から見える富士山は絶景と聞こえが高いのも観光客が集まる理由だろう。周辺の標高はおよそ一千メートル。夏は涼しく快適だが、標高の高さ故の空気の薄さを、敏感な人間なら感じるかもしれない。

そして、十一月の今となればまだ秋だというのに、底冷えのする寒さを誰しもが覚えるに違いない。一都六県からほど近い避暑地としての賑やかさはなりをひそめてしまっており、夏場の盛況をうかがい知ることはこの時期には不可能だ。

河口高嶺《かわぐちたかみね》は長身の身体を屈めて、ゆっくりと車から降りると身震いをする。寒い。東京とは雲泥の差だ。

夕方、まだ明るいのに霧が出ているようだった。標高から考えると、海抜◯メートルの場所からこの霧を見れば、きっと雲にしか見えないだろう。

この雲の中のどこかで、「彼女」は暮らしているらしい。

「吉田さん、本当にこのあたりなんですか？」

「ああ。地図上ではな。ちょっと、コンビニかどっかで訊いてみるか」

助手席から降りて自分と同じように寒そうにする吉田宏太《よしだこうた》は河口の五年先輩にあたる刑事だ。河口も刑事になってもう五年経つが、長身でも、童顔で優男の印象なので、いまだに学生と間違えられることすらある。そんな河口とは違い、吉田は中肉中背だが線も声も太く、どこから見ても刑事らしい貫禄《かんろく》があった。そんな吉田の雰囲気に河口は憧れている。

その吉田が身を縮こませて寒そうにしている。河口はもっと前で停車するべきだったかもしれないと思った。どうもこれ以上先は私道のようだし、徐々に細くなる道がどこまで続いているかさえも、かなり心もとない。富士パノラマラインを走っている時は簡単にたどり着けると思ったのだが、ほんの一本奥まった道に入ると、どこか迷路のようでもあった。

「すいません。コンビニ……。地図上だとさっき見かけたやつが一番近かったみたいです」

「そうか。一度電話して確認してみるわ」

吉田は車内に戻って電話をかけた。河口も車内に戻ろうとしたのだが、どこからともなく音が聞こえその音に気を取られた。

河口はその音が気になってたまらなくなり、車の側から離れた。舗装されていない田舎道の泥に、革靴で来たことを少し後悔するが、できることなら学生に間違えられることを避けたい河口は、いつもきっちりとしたダークスーツを着ることにしているので革靴は必然だった。

自分の気のせいだろうが、まるでその音に反応しているかのように木々がざわめいていた。音に近づいていくうちに河口の心は弾む。そして来た道を少し戻ると、自転車が一台なら、なんとか通れそうな小道を見つけた。

音はどうやらその道の先から聞こえているようだった。

河口はその音を確かめたかった。恐らくスピーカーを通した音ではない、生のピアノの音。小道を進むと、はっきりとその音色が聞き取れる。

リストの「ラ・カンパネラ」。難曲の代名詞と言っていい曲だ。イタリア語で「鐘」と言う意味だということを思い出した河口は、自分の警鐘《けいしょう》が打ち鳴らされているかのように緊張した。噂が真実ならば弾いているのは「彼女」の可能性がある。

小道を抜けると、その家はあった。一見すると、別荘地特有の実用性をどこか欠いている洋風の建物だった。白漆喰《しろしっくい》の壁と木目の壁、床下が高くウッドデッキがぐるりと家を守るかのように囲んでいる。窓のひとつひとつが大きかった。ゆっくりと家に近づき、テラス窓に目を走らせると、アップライトピアノを弾く横顔が見えた。

弾いている人物は小柄だが、普通の少女にしか見えない。顎《あご》の位置で切りそろえられたボブヘアが演奏の動きに合わせて輝きながらさらさらと動いている。それが「彼女」なのかどうかは河口には分からなかった。

河口は四年前の忌まわしい事件の際の「彼女」の写真しか見たことがなかったからだ。

当時十二歳だった「彼女」はまだあどけない顔をしていた。

「彼女」であることを確認するため、河口がピアノを弾いている指を目で追いかけようとした瞬間だった。

「ラ・カンパネラ」が止まった。

不意に訪れた静寂にハッとして顔を上げた河口は少女に凝視《ぎょうし》されていた。

「彼女」かもしれない人物に。

指ばかりに気を取られていたが、少女は随分奇妙な恰好だった。吐く息が白くなるような気温の中、室内にいるとはいえタンクトップに短パン。そして裸足だった。裸足で冷たいピアノのペダルを踏んでいたのだ。その冷たさを想像するだけで河口の足の指がかじかむ。

奇妙さもそこまでなら、河口は冷静でいられたかもしれない。河口のほうを観察するように、鋭く見据えた少女の黒目がちの大きな目は、ほとんどまばたきをしなかった。

まるで爬虫類《はちゅうるい》が獲物を狙っている時のような目。

緊張で河口の呼吸が浅くなってきたころ、彼女はにこりと笑った。爬虫類の印象は一瞬で消えた。彼女はテラス窓を開けて河口に言った。

「あなたはいったい誰？　もしかして私の脳波を取りに来た人？　最近そういうの多い。ほんとは嫌だけど、父さんが世の中の役に立つはずだって言うから」

「いや、僕は、あなたの脳波に興味はないです」

恐らく目の前にいる少女が「彼女」に違いないが、河口はなおも少女の指を数えはじめていた。

この少女が「彼女」であるならば、その両手両足すべてに六指あるはずなのだ。

河口がじろじろ見ているのに気づいたのか、彼女はサッと両手をひっこめた。

「これを探しに来たの？　だったらあげる」

「え？」

彼女がこちらに放り投げた何かを河口は両手でキャッチして、自分の手の中に収まった物体をのぞき込むように見た。

「ぎゃあああああ！」

手の中にあった物体に河口は驚きと恐ろしさで大の大人とは思えない悲鳴を上げた。

「どうした、河口！」

河口の悲鳴を聞きつけて、いつの間にかこの別荘の近くに来ていた吉田が河口の側に駆けよってきた。

「吉田さん、指です。自分の指を切断するなんて」

「指だって？　本当か？　見せてみろ」

吉田は動揺している河口が固く握りこんでしまった両手をゆっくり開いて中にあるものをじっくり見分した。

「河口、これはたぶん樹脂だぞ？」

「え？」

その指は精巧にできていたが、確かに作りものだった。へなへなと、その場に座り込む河口に吉田は呆れた。

「おまえの性分で今回の事件みたいなのを担当して、西彩子と面談を繰り返すなんてことがうまくいくだなんて、俺には今のところひとつも思えないんだがなあ……」

「すいません……」

河口が小さくつぶやくと、吉田は作りものの指を返した。樹脂だと分かった今でもぎょっとする後輩に吉田はますます先が思いやられた。

「で、肝心の西彩子は？」

「え？　さっきまでピアノの側にいたんですけど……」

「その指は目くらましだったわけだ。まあいい。玄関に回ろう。さっき電話が繋がって、話はついているんだ」

テラス窓から離れて、ぐるりとしているウッドデッキを右回りに歩くと、玄関が見つかった。

玄関の扉は、その家全体の雰囲気を考えると、どこか浮いており、漆黒《しっこく》で、重々しい印象を与えていた。この扉は、西彩子がここで生活をするようになって、もともとあった扉から挿《す》げ替えられたものなのではないかという、想像をかきたてられた。河口はその扉を前にして緊張が高まり、何かを飲みこんでから深呼吸をした。

河口の様子をよそに、吉田は実にリラックスした様子で、玄関のインターフォンのボタンを押した。呼び出し音の後、ややあって返事が聞こえた。

それからすぐに、かちりと玄関の扉は開いた。

中から出てきたのは西彩子ではなく、白髪で河口と同じくらい長身の男だった。鋭い目つきをしており、くっきりと浮かび上がった目の下の隈に疲労が出ていた。

緊張しながらも、河口はその男のことも不躾につま先から、頭のてっぺんまでつぶさに観察した。

元刑事であり、あの惨劇の被害者家族でもある、本栖健一郎《もとすけんいちろう》は、資料によると六十歳ということだったが、真っ白な頭髪と深く刻まれた皺《しわ》のせいで、実年齢よりもずっと老けて見えた。

無理もない話だった。彼は日本の犯罪史上最悪の事件の被害者家族だ。娘を失い、彼の妻は心労に耐え切れず自死を選んだ。そして今、あの事件の加害者の家族を、養子に迎えているのだから。

凝視している河口より一歩前に出た吉田が、本栖健一郎に挨拶をした。

「初めまして。お電話させていただいた吉田宏太です。この度は捜査にご協力いただけるということで、ありがとうございます」

吉田が慇懃《いんぎん》にお辞儀をし、それを見て本栖は大きくため息をついてからこう言った。

「ご協力か……。はっきり言ってくれて構わん。容疑者リストのてっぺんに彩子がいるんだろう？　そして、私も共犯の疑いがある。それは私にとってこの上ない屈辱とだけは今ここで言っておこう」

本栖の率直な物言いに、吉田が濁していると、河口がにっこりと笑った。

「お互いの思惑が早い段階で分かっているのはいい傾向だと思います。でも、僕個人としての容疑者リストのてっぺんに、彩子さんはいません。それだけは知っていただきたいです」

「まあ……。私と彩子の日常を観察すれば、彩子が容疑者であるはずがないことは証明できるはずだ。むしろ、ある点では私だけが犯罪者扱いされかねないくらいだよ」

本栖が深々とため息をつき、どこか力をなくしている様子を、河口がいぶかしんでいると、室内の奥のほうから、コーヒーの香りが漂ってきた。本栖もその香りにハッとしたらしい。

「まあ、あなた方のお役にたてるかどうかは分からないが、込み入った話をするのは、ここはふさわしくない。どうぞ。彩子も待ち構えているようだから」

河口と吉田は、玄関で靴を脱ぎ、本栖の後について行った。

通されたのは広い吹き抜けのリビング。

河口は既にこの部屋を見ていた。アップライトのピアノが置かれている部屋だ。

ふたりは深緑のソファーの応接セットに案内された。そして、河口が思わずふうっとため息をついた瞬間だった。

「ねえ、さっきの指、返してくれない？　最新作で、人気商品なの」

河口がぱっと顔を上げると、西彩子はにっこりと笑って、ソーサーの上に載ったコーヒーを振舞っていた。先ほどの薄着姿ではなく、デニムにパーカーといった、十代なら当たり前の恰好だった。

「商品？」

河口がそう呟くと、西彩子は、河口の目の前に、自分の六指ある掌を広げて見せて、他の人より一本多い指をくいっと曲げて見せた。

「ママのファンに人気があるんだ、この指。だから、両手も両足も石膏《せっこう》で型を取ってあるの。特に人気があるのが右手の孫指。爪に文字を入れてみたら、注文が殺到しちゃって大変」

河口はもう一度じっくりと例の樹脂製の指を見た。

彩子が孫指、と言った指の爪には、真っ赤なマニキュアの上に黒字で「ＤＥＡＴＨ」と書き込まれていた。

河口は悪趣味の極みだと思ったが、彩子に樹脂の指を返した。海外ではシリアルキラーに熱烈なファンがいることが珍しくはない。中にはグルーピーと獄中結婚するシリアルキラーもいるくらいだ。

しかし、シリアルキラーの娘の指に需要があるということは河口の理解の範疇《はんちゅう》を超えていた。西彩子にまったく問題はないとは誰も思わないだろうが、少なくとも西彩子は……。

誰も殺してはいないはずだった。

「彩子、いい加減にしなさい。お客様がとても驚いている。それを喜ぶ人は一部の人間だと、何度も話しただろう？」

本栖の言葉に彩子はシュンとした。

「父さん、ごめん」

「いいんだ。喜んでくれた人のメールが嬉しかったんだろう？　仕方ない。でも、そういう人ばかりじゃないことは、これではっきりしただろう？　彩子、父さんはお客様と話があるから、しばらく席をはずしてくれないか？」

「でも……」

「いや、すぐ終わる。この人たちと話してみたかったら、後でいくらでも話して構わないから」

「本当に？」

「本当だ」

本栖が請け合うと彩子はにっこりと笑った。実に魅力的な微笑みで、それが河口を油断させ、吉田をゾッとさせた。

彩子は嬉しそうに足取りも軽く、恐らく自室があるのだろう、二階へ駆け上がって行った。河口は気になったことを口にした。

「彩子さんは学校は？」

その言葉に本栖の顔は途端に暗くなる。

「実は母親が逮捕されてからはまともに行けていない。あの子のためにはよくないことだと分かっているんだが、この家で暮らすようになってから、一度行かせてみたら、大変なことになってね」

大変なことになるのは河口と吉田でなくても容易に想像できた。

西彩子の母親、西玲子《にしれいこ》は世界中を騒がせた凶悪犯罪者だ。妊婦ばかりを狙い、その胎盤と胎児を綺麗に取り除き、用のなくなった死体を自宅近辺に埋めていた。

犠牲者は推定四十名。犠牲者の数が「推定」なのには理由がある。西玲子は、自宅近辺をローテーションのように掘り起こして死体を埋めていた。それを幾度も繰り返しており、同じ場所に、ミルフィーユのように死体が重なっていたため、溶けた死体は大量のメタンガスを発生させていたくらいだ。

四十名はどうにか、判別できたもので、判別できない骨や、肉体だったものもあり、事件の全貌は、西玲子が拘留中に着ていた衣服で首を吊り死亡してしまったため、解き明かされてはいない。

最大の謎は、西玲子が被害者から取り出した胎盤と胎児の行方だった。夥《おびただ》しい数の死体の中でそれを語る者はいなかった。精神科医たちが有力な説として挙げたのは、西玲子は胎盤と胎児を「食べる」ために殺人を繰り返していたのではないか？　というものだった。

そして、これこそが、西玲子が現代のエリザベート・バートリと言われている所以《ゆえん》だった。

何しろほとんど見つからなかった胎児の一部が冷蔵庫で発見されたことがその証拠になっている。

西玲子の事件は本人が自死し、そこでチェックメイトだった。これには世界中の犯罪学者や精神科医から日本の警察に非難が集まった。

西玲子のような女性のシリアルキラーは極めて稀だ。西玲子の犯した殺人の手口から、サイコパスであることが想定された。女性のサイコパスは少ないことから、益々貴重なサンプルが失われたと非難されたのだ。

極めて猟奇的な、極めて稀な事件。

しかし、河口と吉田が現在立ち向かっているのは、それとはまた別の事件であった。

それぞれの思惑が交錯する中、吉田が本題のカードをめくった。

「本栖さん、先日お話した時より、さらに、二名の妊婦の遺体が発見されました。しかも、二名ともほぼ同日に殺害された可能性があるんですが、相変わらず、ホシのテリトリーが特定できません。河口はああ言いましたが、警視庁の容疑者リストの上位に彩子さんがいることはご理解いただけると思います。彩子さんが学校に行っていないとなると、アリバイの証明も難しくなるということを、上と話し合っていただいたと思います」

「ああ、十分に理解しているよ。君たちは、ここで次の被害者が出るまで、彩子を見張りたいと言うんだろう？　私が現役だったら、絶対にやらない任務をまっとうしようとしているわけか」

ふたりは、本栖の嫌味を受け入れるしか術はなく、同じように薄く笑い、その様子を本栖は鼻で笑った。それでも、河口は本栖に質問を繰り返した。

「彩子さんは、学校に行っていないということでしたけど、普段、何をして過ごしているんですか？」

「午前中は、土日祝日以外は、大体デイトレーダーの真似事をしている。生活費のほとんどはそこから賄《まかな》っているよ」

「子どもに生活費を稼がせているということですか？」

吉田が、反撃の材料を見つけたと言わんばかりに前のめりにそう言ったが、本栖はどこ吹く風の様子で彩子が淹れたぬるくなりかけたコーヒーをすすった。

「そうしない術も私にはあるが、そうしたいと彩子が言うものでね」

「子どもらしい遊びではないことは確かだと思うんですが……」

本栖はいたって冷静にコーヒーカップをローテーブルに置いて薄く笑った。

「子ども？　十六歳を子ども扱いしたら、間違いなく君たちも将来自分の子どもに憎まれることになると思うがね？　彩子が、普通の女子高生と同じ生活をしていれば、君たちの期待に応えられたのかもしれないが、学校には行かせられなかった。何度か試みてはみたんだ。だが、本人はいたって気にしなかったものの、いわゆる、いじめのようなこともあったし、反撃することを禁止していたせいで、死にかけたこともある」

「死」というフレーズに河口はぎょっとして尋ねた。

「いじめを本人が気にしないというのは、本当でしょうか？　本栖さんを心配させないように気にしない素振りをしているだけなのでは？」

「あの子はあの子自身のためにしか動かない。私に心配をかけたくないという発想はないんだ。だからこそ、よく分からない医者が、あの子の脳派を何度も取りに来る。残念ながら、彩子の脳は我々とは違うようだ。このことは、君たちも肝に命じておきなさい」

そう言うと本栖はなぜか、一本のペンを河口の足元に放り投げた。思わず河口が拾おうとすると、本栖は右手できっぱりと制止し、自分でペンを拾った。

「あの子が起こした行動に期待通りに応えてはいけないよ。あの子に頼まれたことは、たとえ一本のペンを拾うことだってしてはいけない。ペン一本から、すべてがはじまってしまうからね」

河口は本巣が拾ったペンをじっと見つめた。

「本栖さんにとって、彩子さんはいったい、どんな存在なんですか？」

河口の質問に、本栖はその強面を和らげ仏像のような慈悲深い笑みを浮かべた。

「たったひとりの家族だ」

清々しい様子でそう言う本栖に河口は混乱した。そして、自分にペンを投げつけ注意を呼び掛けたにもかかわらず、本栖本人が西彩子に取り込まれている可能性も考慮しなければいけないと思った。

「そうですか。それなら、安心です。ところでさっき、彩子さんが死にかけたとおっしゃいましたが、具体的にはどんなことがあったのですか？」

「石だ」

「石？」

「誰かが彩子に、石を投げたんだ。それが残念なことにあの子の後頭部に当たってね。出血が止まらなかったのに、あの子は自分の頭に石がぶつかったことに気づけなかったから」

「え？　なぜですか？　かなり痛かったでしょうに」

その言葉に、今度は本栖が目を丸くした。

「君は……。知らないのか？　彩子は無痛症なんだ。あの子に指が六本あることよりもよっぽどこっちのほうが厄介なんだがな……」

「ムツウショウ……」

「あの子は肉体的な痛みを感じることができないんだ。だから誰かに暴力的な行為に及ばれて怪我をしても、その怪我に気づくことがない。日常生活においても危険が常につきまとうんだ。あの時は、学校から帰ってきて私が異変に気づくまで、よく生きていてくれたと思ったものだよ」

「体の痛みを感じない……」

「ああ、そうなんだ。心の痛みは勉強しているところなんだがね。まあいい。あの子の命を守ることは、君たちのミッションではないだろうからね」

本栖は深々とため息をついた。気まずさに、河口と吉田は顔を見合わせた。

緊張した空気を破るように、階段を駆け下りる音がした。河口と吉田が顔を上げると、リビングに下りて来た彩子はにっこり微笑んでそのまま本栖に尋ねた。

「父さん。私が学校に行ってなくても、勉強はしていること、この人たちに見せてあげなくてもいいの？」

「見せてあげたほうがいいかもしれないが、要するにおまえが待ちきれなくなったんだろう。もう少し待ちなさい。今から何をするつもりだったんだ？」

「今待機しているのは、言語のどれかかな」

「先にはじめていなさい。あとからこのふたりを連れて行くから」

「分かった」

本栖の優しく諭す様子と、彩子の拗《す》ねた様子は、何も知らなければ親子の、あるいは祖父と孫のありがちなやりとりにしか見えなかった。彩子が再び二階に行ってしまうと、吉田が呟くように言った。

「ああしていると、普通のいい子にしか見えないのに……」

「吉田くん、サイコパスの一番忘れてはいけない特徴を知っているかね？」

「平気で嘘をつき、良心を持たない。ということでしょうか」

「そこも重要だ。しかし、平気で嘘をついたりするには、嘘をつく相手が必要なんだ。彼らは普通の人間と同じように。いや、もっと上手に、他人に対して魅力的に振舞うことができるんだ。もちろん、彩子も。嘘をつく相手をすぐに捕まえてしまえるくらい魅力的に振舞えるんだよ」

吉田も河口も本栖の言葉を受け止めきれずにいたが、返事ができずにいると、彩子の自室へ案内すると言われそのままついて行くことになった。本栖がノックをすると中から明るく返事をする声が聞こえた。ドアを開けるとその部屋は不思議な空間だった。パソコンのディスプレイがいくつか壁にセットされており、彩子はそのひとつに向かって、部屋の中央の事務机から話をしている。

吉田が首を傾げた。

「本栖さん、これはいったい？」

「世界中の西玲子のグルーピーの中から彩子の勉強に付き合ってくれる人間を選んで、こうしてオンラインで勉強しているんだよ。彩子、今何をしているんだ？」

本栖の問いかけに彩子は顔をこちらに向けた。

「ジョゼとフランス語で話してる。父さんジョゼは初めてじゃないでしょ？」

画面の中のジョゼと呼ばれた男が本栖に挨拶をした。それに本栖はどうにか笑顔に見えそうな表情を浮かべて応えた。

「この後はどうする予定でいる？」

「できたら身体を動かしたいかな。でも、大事な話が終わってるなら、その人たちと話してみたい」

河口と吉田に彩子は微笑んだ。完璧な微笑にふたりは怯《ひる》んだが、本栖はそれには気づいていないようだった。

「そうか。じゃあその順番で私も準備しよう。ジョゼによろしく伝えてくれるかい？」

「もちろん」

本栖が彩子から離れると、彩子はジョゼと楽しそうに会話を再開した。彩子の部屋から出ると、険しい表情をした吉田が本栖に詰め寄った。

「本栖さん、あれは要するにあの子はインターネットで、誰とでも知り合える。そういうことですよね？　それは流石にまずいんじゃないですか？」

本栖はピタリと動きを止め、ゆっくり吉田のほうに振り返った。

「あの年頃の子が起こしやすい問題なら回避できるようにしているよ」

「そういう意味ではないんです。あの子に悪影響を与えるかもしれない人物と接触する確率が上がるのがまずいと思うんです」

「君の言いたいことは分かるが、これは取るべきリスクだ。吉田くん、百人にひとりはサイコパスなんだよ。その百人にひとりの全員がシリアルキラーになるわけではない。彼らは時として優秀で社会に必要な役割を果たしている。そこに必要だったのは『学習』だ。彩子は非常に頭のいい子で、普通の通信教育では飽きてしまうんだ。本当は学校に行けたほうがいいのは分かっているが、命の危険は冒せない」

「だからって、危険な人物が近づくのは許せるって言うんですか？」

「危険かどうかはあの子のほうが敏感に察知するよ」

再びリビングに戻ると、本栖は準備があるから、とふたりを待たせてどこかへ消えた。吉田は本栖の姿が完全に消えるのを確認してから、声をひそめて河口に話しかけた。

「河口、本栖氏の発言の数々をおまえはどう思う？」

「どう……。そうですね。吉田さんの言うことも分かりますけど、西彩子の養育の義務を負っているのは本栖さんですし、教育をどうにかする術があれだと言われてしまうと、僕たちが何か言える立場ではない気もしますし……」

「はっきりしないやつだなあ。本当に大丈夫なのか？　西彩子は死体の損壊と遺棄に関わっているんだぞ？　殺人を犯してなくても、十分危険な異常者だ」

「そこなんですよねー。僕が一番引っかかっているの……」

河口はそう言って苦笑いした。その様子に吉田はますますイライラした。

「何が引っかかってるっ言うんだ？」

「僕は西彩子が死体損壊と遺棄に関わっていたとは思えないんです」

「おまえ、どうかしてるぞ？　あれは本人が自供したから発覚したんだろう？」

「だから、その自供そのものが嘘なんじゃないかなあと考えてるんです」

嘘、と聞いて吉田は声をあげて笑った。

「なんの目的があって西彩子がそんな嘘をつくって言うんだ。あの自供で鑑別所に入って、精神鑑定まで受けてるんだぞ」

「だから、そのあたりを一度本人に訊いてみたいと思ってるんですよ」

河口の言い分にほとほと呆れた様子で吉田は大きくため息をついた。

「河口、おまえ性善説を信じてるタイプだろ？　よせよ。あの子が実はいい子だっていうおまえの妄想は命取りになるぞ」

「性善説はよく分からないですけど、そうじゃないと説明ができない引っかかりが彼女にはあるんですよ」

「説明？　引っかかり？　相手はサイコパスだぞ？　まともじゃないんだ。俺たちじゃ説明できるはずがないじゃないか」

吉田の声がどんどん大きくなってきたところで、ようやくふたりは待たされていたリビングの前に立っていた彩子に気づいた。

彩子は薄く笑っていた。

「いつから……。そこに……」

吉田がそう尋ねると彩子はクスクス笑った。

「性善説が命とりになるってところくらいから聞こえたよ。私ね、ものすごく耳がいいの。だから内緒話は筆談がおすすめかな」

そう言った彩子の服装を河口は不審に思った。道着を着ていたからだ。

「その格好は？」

「身体を動かすの」

ニッと笑ってから彩子はふたりについてくるように促した。リビングの奥の扉を開けると、広々とした畳の部屋が現れた。畳といっても、いわゆる和室に敷かれる縁《へり》のある畳ではなく、柔道や空手の道場に敷かれているような縁のない畳だ。

この家の洋風の別荘にしか見えない外観からは予想だにしなかった部屋の出現に、河口と吉田はお互いの戸惑いを顔を見合わせて共有した。その様子に気づいた彩子は、何かを言いかけたが、彩子と同じように道着を着て待ち構えていた本栖に呼ばれて軽やかに本栖の元に向かった。

河口と吉田はその姿を目で追った。

ふたりはウォーミングアップのようなことをしてから、しばらくすると彩子は空を斬りはじめた。

「空手……。ですかね？　どうやら本栖さんは黒帯みたいですね」

河口が呟くようにそう言うと吉田は黙って頷いた。彩子は黙々と形《かた》を決めていく。本栖はそれをじっと見守り時々首を振っている。

どうやら静止が甘いと首を振っているようだな、と河口は見当をつけた。

空気を切り裂くような手の動き、振り上げた脚の爪先まで神経の行き届いた動き。何も分からないものにさえも美しいと思わせるレベルに彩子は達していた。本栖は恐らく彩子を養子に迎えてからずっとこうして指導に当たっていたに違いない。これはいったいどういうつもりなのか？　もしくは何も意図するところはないのか？

彩子の演武を純粋に鑑賞しはじめていた河口とは対照的に吉田は終始険しい顔つきで先ほどのインターネットの件があるせいか、本栖を不審に思う気持ちを募らせているようだった。

彩子のトレーニングが終わると、本栖は河口と吉田にリビングに戻るように指示した。河口が時計を確認するともう既に八時だった。

「吉田さん、腹減りませんか？」

「おまえ、この状況でよくそんなガキみたいなことが言えるな」

「僕は高熱が出ても食事は絶対欠かさないタイプなんですよ」

ふたりがリビングに入るとキッチンから、なんとも言えぬ良い匂いが漂ってきた。キッチンを見ると、とても小柄な割烹着《かっぽうぎ》の背中が見えた。その背中の持ち主はテキパキと動いて何かを作ったり盛りつけたりしていた。

彼女の出現にふたりは驚いたものの、妙にホッとした。割烹着の女性は立ち尽くしているふたりの気配にようやく気づいて振り返る。

「ああ、あなたたちが東京から来た刑事さんですか？　私、この家に、夕食を作りに来ている長浜佳子《ながはまよしこ》と申します。今日は人数も多くなるので『おでん』にしたんですよ。お口にあうといいのだけれど」

長浜佳子は六十代の、いかにも気のいい主婦という雰囲気の口振りだった。小柄な身体をくるくるとよく動かし、この家のキッチンは私が一番知っていると言わんばかりの働きぶりだった。

「刑事の河口です。長浜さんはここに夕食を作りに来るようになって長いんですか？」

「そうねえ。三年くらいかしら？　彩子ちゃんが私を助けてくれたのよ」

「彩子さんが……。ですか？」

長浜によると、三年前、夫が癌《がん》で亡くなり、この土地で日常生活を送るのが不便な状態になったらしい。

「何度もトライはしてみたのよ。でもね、若かった時にもできなかったし、この年になってからじゃあ、なおさら、どうしてもできなかったのよね」

この世の中には、どうしても、運転に不向きな人間という者がいる。長浜もそのひとりだった。しかしながら、困ったことに家庭内で運転を担当していた夫が闘病生活の末亡くなり、タクシーか、一時間に数本のバスしか交通手段がなくなってしまった。

その不便な様子を察知したのが彩子だと長浜は言う。

「いつも、近所のバス停でバスを待ったり、バスから降りたりするところを見ていてくれたみたいでね。いつだったか、お米を買ってきた時に、運ぶのを手伝ってくれて、その時に物々交換みたいに、労働交換しないかと言ってくれたのよ」

「労働交換？」

聞き慣れない言葉に河口がギョッとすると、長浜はニッコリと笑った。

「彩子ちゃん、私がどこかに行きたい時は必ず本栖さんが車を出すから、時々夕飯を作りに来て欲しいって言ったの。ふたりとも料理に関してはセンスがゼロなのよね。私が運転ができないのと同じように」

長浜は、さも懐かしそうに、クスクス笑った。すると吉田は身を乗り出して長浜にこう尋ねた。

「長浜さんは、本栖彩子が……。西彩子がどういう人間かご存知ですか？」

「ええ。ここに来るまでのことは本栖さんから聞いていますし、村の人からもあれこれ聞かされていますけどねえ……。彩子ちゃんはいい子ですよ。私はピアノがあんなに上手な人とお友だちになれたのは初めて。それに、とても優しいのよ」

「変わったことを目撃したことはありませんか？」

「刑事さん……。村の年寄りと同じようなことを考えるのね……。もちろんこの家の周りで動物の死骸《しがい》を見つけたことはありませんし、何かを埋めているような場所もありませんよ。それに、本栖さんも彩子ちゃんもとても規則正しく生活されていますよ」

それまで穏やかに彼らを迎えていた長浜は一瞬、汚いものでも見つけたかのように眉をひそめた。それでも吉田はしつこかった。

「本当に変わったことはありませんか？」

「変わっているといえば、この家の間取りが妙だと思ったことはありますけどね。でもこの別荘を建てたのは本栖さんではなく、前の持ち主のようだし、気にするほどのことではないと思いますよ」

間取りと言われて今度は河口が気にしていたことを尋ねた。

「これだけ床が高ければ半地下や地下室などがありそうなのに入り口らしきものが見当たらないという点ですか？」

長浜は目を丸くした。

「そうなのよね。どこかにはありそうな気がするのだけれど……」

「河口、おまえそういうことは早く言え」

「まあ特に重要なこととも思えませんでしたし、吉田さんだって気づいてると思ったので」

吉田はきまりが悪そうな様子で立ち上がり、リビングから出て行った。それとすれ違うように、着替えを済ませた彩子と本栖が戻ってきた。

「吉田くんはどうしたのかね？」

「たぶん、電話だと思います」

河口は本栖の質問をはぐらかした。彩子は夕飯の用意をする長浜の側に行き手伝いはじめる。調理器具の後片付けをしたり、食器を出したり、手際よく手伝う様子からは長浜の言っていたように彩子に料理のセンスがないようには見えなかった。

料理のセンスがないというのは嘘かもしれない。長浜がこの家に来ることでこの奇妙な親子関係が少しは中和されているのかもしれない。河口にはそう思えた。

長浜の作ったおでんは確かに美味しかった。河口は二回もおかわりをし、吉田に呆れられた。目を疑うようなことが起きたのは、夕食後長浜が帰ってからだった。

「私、もう寝室に行くけど、この人たちにも見てもらったほうがいいよね？」

「そうだろうな」

本栖が頷くと河口は疑問を口にした。

「寝室ってフランス語を勉強していた部屋のことじゃないんですか？」

彩子はいたずらっぽくニッと笑った。

「あれは勉強部屋。寝室はあれよりもちょっとユニークだから面白いの。きっと気にいると思う」

もしも、彩子の思うユニークで面白いものの代表が樹脂で作られた孫指だとしたら、寝室はお化け屋敷のような仕掛けがあるかもしれない。河口は苦笑いを浮かべるより他なかった。

本栖と彩子が案内したのは、先ほど空手の型の練習を見学していた道場だった。本栖が中央にある畳を剥《は》がすとその下には、正方形のぶ厚く頑丈そうな、金庫を連想させる扉が出てきた。

本栖はその扉についているカバーのようなものをめくってから、右手と左手、そして網膜を読みとらせるような動作をした。

扉が小気味好い電子音で返事をすると「がちゃり」と鍵のはずれる音がした。本栖が扉についているレバーを引くとそれは開いた。

河口も吉田もごくりと何かを飲み込んだ。

河口は恐る恐る尋ねた。

「まさか、その下が彩子さんの寝室なんですか？」

彩子は微笑んだ。

「そう！　とびきりエキサイティングな寝室！」

彩子は吸い込まれるように扉の中へ消えて行った。河口と吉田が慌てて扉を覗きこむと、その中央にはポールがあるのが見え、彩子はそれを滑り降りたようだった。覗きこむ河口と吉田に手を振ってから、彩子は本栖に閉めるように指示を出したらしく、本栖は彩子の寝室の扉を閉めた。扉は開けた時と同じようにガチャリと重たく施錠する音を立てた。

「本栖さん、正気ですか？　こんな部屋で寝かせるなんて、ほとんど監禁じゃないですか」

吉田が声を荒らげそう言った。本栖は畳を元に戻した。

「そう言われても仕方がないんだが、彩子と養子縁組をしてから、私が眠れるようになったのは、この部屋のおかげなんだよ。あの子と暮らすと覚悟を決めたものの、最初は恐怖も疑いもあった。

寝首をかかれないかと、警戒していたからね。おまけにあの子は一日たった四時間程度眠ればいいほうなんだ、こっちとしてはおちおち寝ていられなかったんだよ」

「本栖さんの、今のお話だと、この扉は内側から開かない上、地下から脱出する他の方法もない。ということですか？」

河口の質問に本栖は頷く。

「その扉の鍵は本栖さんの目と左右の手ですよね？　もし、本栖さんに何かあった場合、彩子さんはどうなるんですか？」

「確かに鍵は私だが、この扉は午前七時には必ず開く設定になっている。そのタイミングで脱出するよう彩子にも言ってある」

「有事の際は？」

河口にしては珍しく詰問を重ねたが、本栖は穏やかに答え続けた。

「この地下はシェルターになっているし、有事の備蓄もそこにある。最悪二週間くらい閉じ込められても十分な食料があるから心配には及ばないよ」

「けれど、人道的では、ない。ですよね？」

吉田が責めるような口ぶりで言っても本栖はひるまなかった。

「何が人道的か、そうでないかをここで論じるつもりはない。ただこれでお分かりいただけただろうが、彩子がここに入ってしまえば、私が開けるか朝の七時にならない限り、彩子はこの部屋から出てくることができない。つまり、彩子のアリバイを疑うということはこの私を疑う、ということだ」

本栖はふたりを二階の客間に案内した。本栖が用意したのか、この家の前の持ち主が置いて行ったものなのか分からないが、シングルベッドがふたつ並んだ部屋だった。

「君たちの滞在期間がどれくらいになるか見当もつかない。猟奇殺人鬼は自殺することも多いようだからね。実際に……。いや、やめておこう。しかし、私としては早くその事件に解決してもらいたいと思っている。その点は君たちと共通しているはずだ」

本栖はふたりに風呂場やトイレなどの説明を簡単にすると、何かあれば来るように告げてから自室に行ってしまった。

本栖の気配が消えると、河口と吉田はそれぞれため息をついた。ジャケットを脱ぎ、ネクタイを緩めた吉田がベッドに腰掛ける。

「本栖さんは頑なだな。本気で西彩子がやっていないと言い切るつもりらしい」

「僕は西彩子が今回の妊婦連続殺人の犯人だとは考えていませんけど」

「警視庁のデータベースと、プロファイリングがここに俺たちを来させたのにか？」

「僕はむしろ、西彩子が容疑者に挙がってきてしまうくらい犯人像がつかめていない厄介な事件だと思ってます」

「それにしても、西彩子のあの寝室……。異常だろ？」

「確かに異常です。でもあれは本栖さんの、守りの砦《とりで》なんですよ。蟻地獄《ありじごく》みたいでしょう？　部屋の真ん中にあんな穴。あそこしか入口がないなら、西彩子の断りなく侵入した人間は西彩子の餌食《えじき》になるしかないようですね」

「蟻地獄か。確かに構造的にはな。しかし、それは考えすぎじゃあないのか？　俺としては、どう考えても朝まで本栖さんが西彩子を監禁する手段にしか思えない。自分の両手と、目を鍵にするなんてよほど西彩子が信用ならないと潜在的に感じているからだろう？」

「うーん。吉田さんの思う本栖さんと僕の思う本栖さんの像は完全に一致しないみたいですね」

深々とため息をついた河口に吉田は納得がいかないのかイラついていた。

不穏な空気の流れる奇妙な共同生活がはじまった。朝になると河口と吉田は、彩子の寝室の入り口に本栖とともに向かい、縄梯子を投げる。彩子は眠た気な様子もなくスルスルと縄梯子を登る。

「父さんが寝る前にネットはダメとか言うから、だいたい本か漫画を読んでる。何か面白いの知ってたら教えて？」

睡眠時間が四時間のショートスリーパーの彩子に、河口が寝ていない時間をどう過ごしているか尋ねるとそう答えたので、河口は何冊か最近読んだもので面白かったものを教えた。吉田はそのやりとりを見て、いかにもうんざりといった様子だったが、河口は気にもとめなかった。

本栖と彩子の日常は単調だった。起床後朝食を本栖と作る。目玉焼きと豆腐とわかめの味噌汁に納豆。毎日まったく同じものを作っていた。これには河口が飽きて、自分で調理すると言って食材をリクエストするという場面もあった。

毎日九時になると彩子はピアノを弾きはじめた。音楽はクラッシックから、レゲエにいたるまでなんでも聴く河口にとって、これは至福の時間だった。彩子のピアノは素晴らしかった。一方吉田はその素晴らしさが六指からくるものだと思うと、河口のようにうっとりと聴き入ることはできないようだった。

次第に彩子がピアノを弾いている時間は、河口と吉田は別のことをするようになった。河口は彩子の側でピアノの演奏を聴き、吉田は庭の手入れをする本栖と話したり、近所に聞き込みをしたりしていた。

ふたりの刑事が本栖邸に訪れて一週間が経過した。相変わらず、二十三区内で起きている妊婦連続殺害事件の手掛かりはなく、新たな被害者も見つからない状態だった。

彩子は難曲に取り組んでいた。ラフマニノフだった。つっかえたところを何度もリピートさせる彩子の様子を河口は笑みを浮かべて見守っていた。

「指の運び方が、ユニークに見えてしまうのは僕の偏見なんでしょうか？」

「偏見じゃないと思う。孫指もちゃっかり演奏に参加させているでしょう？　ほら？　こういうところとかに」

彩子は河口のリクエストにこたえるかのように、六指を駆使するパートを繰り返して見せた。

それに河口は唸る。

「素晴らしい！」

「そう？　河口さんは家族にピアノ弾きがいるの？」

彩子からの質問に、河口はどきりとした。

「どうして僕自身がピアノ弾きかもとは思わないんですか？」

「それはない。手を見たら大体見当つくよ。河口さん、顔は優男っぽいけど、手は指の関節がしっかりしてるし、第一荒れてる。注目されることのない気配を放っている手だから」

「はあ。そうか。なるほどね。確かに注目されることはない手です」

河口は自分の手をじっと眺めてからそう言った。

「妹がピアノ弾きだったんです。とても上手で将来ピアニストになりたいと言っていました」

「もう弾いていないみたいな口ぶりなのは気のせい？」

「妹は……。妹だけじゃありません。僕の家族は五年前に交通事故で死んだんです」

見通しのいい交差点だった。両親と妹はその交差点の真ん中で即死した。酒気帯び運転の大型トラックと正面衝突したのだ。ぶつかった車体も遺体もとても見られたものではなかったが、河口が確認する他に手立てはなかった。自分がその場にいたところで、どうすることもできなかったことが明確であっても、河口は進学のため当時親元を離れていたことを悔やんだ。

「じゃあ、河口さんは天涯孤独ということ？」

「そうなりますね」

「私もそうだけど、悪いことばかりでもないよ。誰にも迷惑をかけることがないっていう点では便利なんじゃないかな」

彩子のドライな考え方に河口は苦笑する。

「でも、あなたには今は本栖さんという家族がいるでしょう？　そんなことを本栖さんが聞いたら悲しみますよ」

彩子はピアノを弾く手を止めて河口に振り返って、にっこりと微笑んだ。

「父さんが悲しむ、というのは私にはピンとこないな。私たちは戸籍上の親子になることを選んだけど、父さんと私の間に親愛と呼ばれるような感情はないし、生まれることもないはず。私と父さんの間にあるのは利害の一致だけ」

「利害の一致……。本栖さんにとって、あなたといることで起こりうる利が僕には分かりません」

「分からないほうがいいよ。河口さんって普通の人だし」

馬鹿にされていると思った河口は思わず眉間に皺を寄せた。彩子はその河口の皺の寄った眉間を見て笑った。

「そういう表情筋の素直さとかも、ほんとに刑事？　って思うよ」

「なるほど」

河口は自分の眉間を人差し指でこすった。彩子はその様子にクスクス笑った。

「僕はあなたに会えたら訊いてみたいと思っていたことがあるんです」

「何？　死体の解体の方法とか？」

「そんなことじゃありません。あなたは何故やっていないと主張することもできた罪を認めて、医療少年院に入ることを選んだんですか？　僕にはあなたが何かを恐れてそうしたように思えて仕方がないんです」

河口の質問に彩子はにんまりした。

「河口さん、ごめんね。意外と刑事らしいところあるんだね。恐れるって今言ったよね？　でも、私には恐怖ってよく分からない感情なんだよね。怖いと思ったことがないから。脳科学者によるとね、サイコパスの脳って見た目はなんの変哲もないみたいだよ。でも……」

河口は首を振った。

「話をそらさないでもらえますか。イエスかノーだけで答えてもらっても構いません。あなたは、わざと医療少年院に入ったんですね？」

「あんなとこ、わざと入るとこじゃないよ。まあ死刑になるよりはよっぽどましだけど」

「あなたが話をはぐらかす才能に恵まれているのは十分分かりました。だが僕が訊いているのはイエスかノーかなんです」

「答えたくないって言ったら？」

「それがほとんど答えだと思っても構いませんか？」

「それはどうかな？」

彩子はそう言うとまたラフマニノフにもどった。河口は彩子のピアノを眺めながら訊きたかったことがほとんど訊けなかったことを残念に思っていたのだが、彩子は苦手なパートを間違えて音が止まってからこう言ったのだ。

「河口さんと同じことを私に訊いた人がもうひとりいるって言ったら驚く？」

河口はさっと立ち上がった。

「いいえ、驚きません。ありがとうございます」

河口はリビングから離れて本栖を探すことにした。そして、裏庭で本栖を見つけた。本栖は薪《まき》を割っていた。振り下ろされる斧と割れる薪の音が安定したリズムを保っており、話しかけるタイミングに迷いながらも、河口は本栖に声をかけた。

「本栖さん、ちょっとうかがいたいことがあるんですけど」

本栖は河口のほうを振り返り、首にかけていたタオルで額の汗を拭った。十一月の寒さをものともしない重労働なのだと河口は思った。

「なんだね？」

「彩子さんはどうして、わざと医療少年院に入ったんですか？　同じ質問をあなたは彩子さんにしたはずです。そして、彼女を養子にしたあなたはその真実を知っていますよね」

本栖は河口の問いに動揺することもなく薪を一本選んで叩き割った。

「河口くん、何が言いたいのかね？」

「僕は彩子さんは危険から逃れるために、してもいない死体損壊と遺棄の罪をでっち上げたのだと思っています」

「そんなことをして、なんになると言うんだ」

「彩子さんが自分の身を守ることができます。医療少年院には一般人はなかなか近づけません。西玲子……。母親が死んだあの当時の彩子さんにはあまり選択肢はなかった。だから死体損壊と遺棄をでっち上げたのではないでしょうか。僕は西玲子があの連続妊婦殺人事件の主犯ではないとも考えています」

本栖は河口の質問に一見すると、なんでもない様子で再び薪を置いたが、僅かに動揺したのか、先ほどまで軽く簡単に割れていた薪が割れなかった。

「じゃあその主犯とやらはどこにいると言うんだね？」

「恐らく、今僕たちが追っている連続妊婦殺人事件の犯人と同一人物ではないかと思います」

「河口くん、私の娘の遺体は左腕と左脚が見つからない状態で、ないまま埋葬するしかなかったんだよ」

「埋められていた遺体の正確な数は今も分からないと聞いています」

「あの事件に詳しいなら君は知っているだろう。私の娘は未婚の母……。になる予定だった。あの家の周りから出てきた遺体の半分はそうだった。そういう妊婦が狙いやすかったということだと思うと、私はどうしてもやりきれなかった。私は娘がひとりで子どもを産むことを反対していたし、妻もそうだった。口を開けば言い争いになったせいで行方不明になる前の娘と密に連絡を取っていたわけではない。そのことが妻と私を苦しめた。取り返しのつかないことをしたと思った。娘を責めた私たち夫婦はお互いを慰める術を見つけられなかった。だから妻は死んだ。私もそうしたかったが、私にはやり残したことがあった。西玲子の娘と話がしたかったんだ。彼女が本当に母親の殺人の片棒を担いだか知りたかった」

「刑事として真実を知りたかったということですか？」

河口の質問に本栖は首を振った。

「私は刑事ではなくひとりの親として、せめてもう少しまし な事実が欲しかった。未婚の母である西玲子が未婚の母である娘を狙ったというおぞましさがどうしても許せなかった。そして、どうにか彩子に会えた時、彩子は犯行にまったく関わっていないことを私は確信した」

河口はまばたきをするのも忘れ、目を見開いた。

「何か証拠を見つけていたんですか？」

「何も見つけていない。刑事の勘だな。ただ、私が面会したのがあれよりも数年前なら彩子は何もしゃべらなかっただろう」

「本栖さんが、彩子さんに面会した時には医療少年院から出る日が決まっていたということですか？」

「そうだ。あの時彩子は自分の安全を確保するために私の養子になることにした。私は真実と引き換えにあの子を養子にした」

「いったい何者なんです？　妊婦ばかりを狙うシリアルキラーは」

「私には実際は分からない。ただ、間違いなく狡猾《こうかつ》で知能指数の高いサイコパスの可能性が高いらしい。やつはグルメだ。だから必ず再犯すると彩子は言った。そして必ずいつか自分の前に現れるはずだと。皮肉なものだろう？　私は娘が殺されたというのに、娘と同じように他の妊婦が殺されるのを待ち構えているんだから。最初に君たちを責めたが、私にその権利はないんだ。私がやっていることは君たちと同じだからね」

自嘲《じちょう》するように笑った本栖の引きつった顔から、河口は目を離すことができなかった。

「どうして、彩子さんの前に必ず現れると言い切れるんですか？」

「西玲子が捨て駒に選ばれたのは西玲子が彩子の母親だったからだ」

「それはいったいどういうことですか？」

「グルメなモンスターの一番の獲物は無痛症の少女だったんだ。やつは人間の活け造りをしたいんだよ」

河口がその言葉を理解するためには、僅かに時間が必要だった。そして理解した途端に背筋がゾッとし、胸が悪くなった。

「西玲子は娘を人質にされ、犯行を重ねた、ということですか？」

「恐らく西玲子は最初はそんなことに気づかなかったはずだ。ボールペンを拾えと言われているうちに、死体損壊と遺棄をさせられるようになったんだろう。娘にばらすと脅されて何度も繰り返していた。しかし、ある時から西玲子は被害者の死体を浅く埋めるようになっていた」

「野犬が被害者の遺体の一部を運んでいたのが事件の発覚に繋がりましたよね？」

「ああ、そうだ。彩子の初潮と西玲子が死体を浅く埋めるようになった時期はほとんど同じだ。かなりの深さで埋めても警察犬なら気づく。だが野犬は三メートル下までなんか掘り起こさない。野犬が掘り起こせるように浅く埋めていたんだ。そのころには西玲子は自分を操っているモンスターの目的が分かっていたのだろう」

「もし、その話が本当なら西玲子はどうやってギリギリの理性を保っていたんでしょうか？　洗脳された人間は空っぽになって、他者を守る余裕はないと思うんですが……」

河口の言葉に、本栖はハッとしたような表情を浮かべた。

「なるほど。だから、君は選ばれたんだ……」

「僕が選ばれた？　いったい、どういう意味ですか？」

「君は彩子に選ばれたんだ。だとすれば悪魔とまみえる日も遠くないかもしれないな。私は西玲子は母性で理性を保っていたと思っていた。しかし、君の考えはまったく違う。君は母性を否定できる。私は母性を信じたかった……。どうやら私と」

本栖は呟くようにそう言うと考えこんだ。河口の言葉はまったく届いていないようだった。河口にはまだまだ本栖に訊きたいことが山ほどあったが、それを遮ったのは、吉田だった。河口を探していたらしい吉田はこう言った。

「捜査本部から連絡があった。新たな被害者の遺体が発見されたらしい。死亡推定時刻が判明次第、西彩子の容疑は晴れる可能性が高いということだ」


捜査本部からの連絡はすぐには来なかった。当然の結果とばかりに河口がゆったりと構えているのに対し、吉田はイライラしていた。彩子と本栖は、日課の空手のトレーニングをはじめていた。ふたりはリビングで連絡を待つことしかできなかった。

「これで捜査は振り出しに戻りますね」

どこか嬉しそうに明るい声色でそう言う河口に吉田は益々イライラした。

「まだ、分からないだろう？　死亡推定時刻がここに来るより前だっていう可能性は十分ある」

「たぶん、それはないはずです。最近の事件から随分時間が経っている。きっとこれ以上はグルメなモンスターは我慢できなかったんですよ」

「グルメなモンスター？　なんだそれは？」

「真犯人ですよ」

余裕の表情の河口に、わけの分からない吉田がますます苛立ちを募らせているとリビングに長浜が現れた。

「あら？　あのふたりはトレーニング中？　河口さんも吉田さんも明日には帰るだろうって彩子ちゃんが言ってたけど、本当なの？」

河口が長浜に頷く。

「ここにいる必要がなくなりましたから」

「そうなのね。最後の夕食はほうとうにしようと思って」

「本当ですか？　実は僕、ほうとうを食べたことないんです」

長浜に山梨名物をご馳走してもらえることになり、ほくほく顔の河口に吉田はうんざりするばかりだった。


新たな被害者の発見により、捜査本部が立て込んでいたのか、死亡推定時刻の判定に時間を要したのかは不明だったが、吉田のスマートフォンに連絡が来たのは、長浜が腕を振るったほうとうを食べ終えたころだった。

吉田の予想を裏切り、河口の確信を動かさないものにする結果だった。

被害者が死亡したのは三日前の深夜。彩子の行動は、吉田と河口の監視下にあった。つまり、彩子は容疑者リストの上位からはずれたということになる。吉田と河口は明日の早朝に捜査本部に戻ることになった。

「まだ、本栖さんに訊きたいことがあったんですけどね」

「グルメなモンスターのことか……。しかし、実態が一切分からないのなら本栖さんから訊けることも少ないんじゃないのか？」

「西彩子は、真犯人と会ったことがあると僕は睨《にら》んでいるんです」

「西彩子は何も語らないんだろう？」

「はい。でも本栖さんには話しているはずですから」

「河口、俺たちがすべきなのは取材じゃなくて今起きている事件の捜査だ。西彩子の記事を書くわけじゃないんだ。新聞記者ならそれでもいいかもしれないが、それじゃあいつまでたっても犯人にたどり着けない。おい？　河口？」

「吉田さん、なんか……。僕……。ね……む……」

河口は荷造りの途中で、ベッドに突っ伏して眠ってしまった。

河口が目を覚まして、腕時計を見ると午前二時だった。真っ暗な部屋の中、あるはずの気配がなかった。

「吉田さん？」

呼びかけても返事がない。もし吉田が眠っていたら迷惑な話にはなるが、河口は部屋の照明のスイッチをつけた。しかし、照明はつかない。ここにきてようやく、河口はただならないことが起きているのだと気づいた。ポケットからスマートフォンを取り出しライトを懐中電灯代わりにし、部屋の中を確認する。吉田はいないようだった。

不安と疑惑がわく。あのあらがうことができなかった眠気は何者かが自分を眠らせるために薬を飲ませたのではないか？

だとすればもっとも疑わしいのは料理を作っていた長浜と、今この場にいない吉田だ。河口は身を屈めて物音を立てないように廊下に出た。

音を立てずに廊下に出るとまず目に入ったのは本栖の部屋のドアが開いていることだった。河口はゆっくりと部屋の前まで行き開かれた入り口の前に立つと、恐る恐るスマートフォンのライトをかざした。

最初に目に飛び込んだのは真っ白な壁に広がった血しぶきだった。目を泳がせるとベッドの上に本栖らしき人物が横たわっている。

あまりにも惨《むご》たらしい姿だった。

本栖の両手は手首から切り落とされ、両目がくり抜かれていた。そして両手を落とした凶器らしき斧が胸に打ち込まれていた。

本栖が薪割りに使っていた斧だった。

河口は自分の身の危険が迫ることは理解していたが、吐き気をこらえることができず、入り口に立ったまま、自分の吐瀉物《としゃぶつ》を足元に撒《ま》き散らした。なおも胃からせり上がってくるのに耐えかねて、その場に四つん這いになると、何者かに背中を踏まれ、後ろ手を取られた。

がちゃり、と手錠のかかる音がした。河口は吐き気をこらえながら、後ろにいる人物を振り返った。スマートフォンを落としてしまった暗闇では相手の顔は見えなかった。

「誰だ？」

「私」

彩子のキッパリとした声に河口はたじろいだ。彩子が自分に手錠をかけたということは……。

河口の頭の中は憶測が蠢《うごめ》いた。彩子は持っていた懐中電灯を点けて本栖のベッドを照らした。そしてあまりにも無残なその死体に近づいて首に触れ脈を探した。

「父さん……」

彩子の悲しげなつぶやきに河口は混乱した。河口はナメクジのように這いつくばって、どうにか彩子のほうを見た。それと同時に彩子は懐中電灯で河口の顔を確認した。青ざめていたものの鼻が折れていない顔を確認してから彩子は懐中電灯を消した。

「どうやら河口さんがやったんじゃなさそうだね。私の部屋に侵入したやつの顔面にお見舞いしたんだ。侵入者なら鼻が折れているはずだから」

「だったら、この手錠をはずしてくれませんか」

「でも、河口さんがそいつと共犯じゃないとは証明できてないけど」

「本栖さんを殺して、君をレイプしようとした男が僕を殺さない保証もないでしょう？」

彩子は一瞬迷ってから、河口の手錠をはずしてやった。

「確かに私はひとまずこの家の中では殺されないと思う。私を生かしたまま『あいつ』の前に連れて行くように言われているはずだから。問題は河口さんだね。共犯じゃないとしたら、殺されちゃうかも。あまり納得はいかないけど手錠をかけたままだと河口さんが殺される確率、上りそうだから、はずしておくね」

「ありがとう、と言っていいものか、こんなに迷ったのは初めてです」

「言わなくていいよ。父さんから聞かされてない？　私は私のためにしか存在しないの。私は私のためにあなたを生かしておいたほうがいいと判断しただけ」

「そんなに手の内を見せていいんですか？」

「できるだけフェアにしていないと後で私のせいになるから。なんのために私が河口さんを生かそうとしてるか、よく分かってないみたいだから、そこのところよく考えてみて？　あ！　来た！　ちょうど今、真下くらいにいる。この部屋の下はキッチンだから、もうすぐ鼻が折れてる犯人とご対面だね。河口さんはこの部屋の中を動き回ってて」

彩子は足音ひとつさせずに暗闇の廊下へ出た。下から物音などしただろうか。河口には何も聞こえなかった。彩子に言われた通りにするつもりもなかったがスマートフォンのライトを点けて、もう一度本栖の遺体を確認してから近くにあった毛布をかけて、自分も廊下に出た。

暗闇の中、彩子は下りた階段のそばに身を潜め、本栖を殺し、自分の寝込みを襲った人間がこちらに来るのを待ち構えていた。

わざわざブレーカーを落としたということを考えれば、こちらからは見えなくても、あちらからは見える場所に犯人はいるのかもしれない。

静まり返っている家の中で空気が動いた。

――来る。

彩子がそう思った瞬間、最悪のタイミングで階段の上から物音が聞こえた。河口が階段を下りようとしているのだ。彩子は舌打ちしそうになるのを必死でこらえた。手錠をしたままで蹴飛ばしておくべきだった。そうすれば、河口はまだ本栖の寝室で起き上がるために蠢いていた筈だ。

このまま河口が下りてきたら河口は殺されてしまうだろう。

何よりも大事な生き証人に死なれては困る。

彩子は落ち着くためにゆっくりと数を数えはじめた。

河口が一段、階段を下りた。

向こう側にいる「気配」が二歩近づいてくる。

彩子はギリギリまで待った。そして気配がもう三歩近づいた時に、そちらに向かってスマートフォンのカメラの撮影ボタンを押した。

一瞬の閃光《せんこう》。それで彩子は敵の位置を確認して飛びかかった。しかし、閃光は平等だった。「敵」にも彩子の位置が分かったのだ。

銃声が響く。

「彩子さん！」

河口はそう叫んで、転げ落ちるように階段を下りた。血のにおいがし、肉と骨のぶつかるような鈍い音がした。

「大丈夫、私はひとまず生きてる。こっちの変態もね。でもちょっと動かないでいて欲しいからこうする」

ゴフッというくぐもった音とともに絶叫が響いた。もう一度同じ音が聞こえて、絶叫は続いた。

そして、彩子が変態といった人物が誰なのか河口にも分かった。

「吉田さん……。どうして……」

「河口さん、この人、今は話せないよ。痛いみたいだから」

「いったい何をしたんです？」

「両腕を折った。暗いからこの人がぶっ放した銃がどこにあるのか分からないし、同じ理由で今この人を縛れるものを探すのは難しかったから」

「両腕って……」

「うん。でも骨折では人間は死なない。とにかく、暗いとお話にならないから、キッチンに行ってブレーカーを上げてきてほしいの。急いで！」

河口はパニック状態だった。すべきことがまったく思い浮かばなかったのだ。そのため、思わず彩子の指示に従った。

スマートフォンのライトをつけ、キッチンに行きブレーカーを探し、スイッチを上げた。すぐにリビングが明るくなり河口はそちらに向かった。

彩子は河口の気配に気づいて振り返った。彩子は最初にこの家で見た時のような薄着であることに変わらなかったが、下半身が血まみれだった。

「彩子さん、その血は？」

「撃たれた」

「えっ。どこを？」

「太もも。でも大丈夫。かすっただけだから。それより、河口さん、その人を楽な姿勢にしてあげて。それからそこのソファーの裏に銃が落ちてる」

河口は仰向けでのたうち回る吉田をソファーに持たれかけさせてから、銃を探した。彩子が言っていた通りソファーの裏側にあった。拾い上げて吉田から遠いキッチンのシンクの中に入れた。

荒く肩で息をする吉田を、彩子は冷たく見下ろしてこう言った。

「なんでこんなことしたとか、誰のためとか、どういう事情があるとか、そういうことは私じゃない人が訊くからいい。ねえ、鬼塚《おにづか》は今、どこにいるの?」

「知らない……」

彩子はしらを切る吉田に詰め寄った。

「質問を変えるね。誰を人質に取られてるの?」

押し黙る吉田の腕を彩子は足でつついた。吉田の顔が痛みで歪む。

「父さんがなんで私に空手を教えたか分かる? ふたつの目的があったの。ひとつ目は痛みの分からない私が死なないように体の異変に気づけるようにするため。ふたつ目は私が誰かを殺さないよう手加減させるため。でも、あなたの鼻、結構やっちゃった。見てこれ?」

彩子は皮膚が破けて骨が露出している拳を吉田の鼻先に突き出した。吉田も河口も目を背けた。

「痛みが分からないってことが、こんなに命取りになるなんて誰にも分らないよね。父さんは私の腕と足を折ったことがあるの。それでも体が使えるかどうかを確かめるためにね。私が父さんの腕を折ったこともある。身体をどう使えばいいかは父さんが教えてくれた。だから私は父さんに、鬼塚が考えていたことと鬼塚が考えそうなことを教えた」

彩子は血の滴る太ももにクッションを当てて押さえながら、吉田の正面に座った。河口は彩子の一言一句を聞き逃さまいとしていた。

「鬼塚というのが一連の事件の犯人なんですね？」

「そう。父さんから名前を出すことを禁じられていたけど、モンスターの名前は私の知る限り鬼塚真人《おにづかまさと》。私も父さんもずっと鬼塚を追っていた。鬼塚が死なない限り、私はいつも自分の命を奪われる瞬間に備えなきゃいけない。そして、父さんは鬼塚を追い詰める、それだけを支えに生きて来た。私の部屋の鍵、暗証番号で十分だって私は止めたの。でも父さんは自分を殺してからじゃないと入れない砦にしてしまった。ねえ、吉田さん、どうやって父さんを殺したの？　いつまでだんまりを続けるつもり？」

吉田の表情が痛み以外の理由で歪んだ。

「仕方がなかった……。連続妊婦殺人事件の捜査を担当することになってから、妹が行方不明になって、それから自宅の郵便受けにＵＳＢメモリが入っているのが見つかった……」

「中は動画？　それとも、写真？」

「動画と写真だ。酷いもんだった」

吉田は目を伏せて嗚咽をこらえた。

「あいつは、ネイリストなんだ。いつも爪を綺麗にしていた。それを小指から順番に……。しかも数日後その爪と一緒に脅迫状が届いたんだ……」

「脅迫状はどんな内容だったの？」

「西彩子を孕《はら》ませて、連れてこいと書いてあった」

彩子は呆れたように鼻で笑った。

「警察にも鬼塚の内通者がいるということだね？」

「恐らくそうなる。俺と同じように身内に危害を加えられていたら……」

「内通者を使い捨てにはしないはず。身内を誘拐して脅すなんてこと長期的にはできないもの。恐らく鬼塚と同じような、あるいはもっとえげつない趣味をもった人間だと思う」

「俺は使い捨てだって言いたいのか」

「ええ。残念だけど妹さんは死んでいるか、死ぬより酷い目に遭っているかのどちらかだと思う。もちろんあなたの元に帰ってくることはない」

残酷な言葉に反論するかのように、吉田は彩子を睨みつけた。

「ねえ、父さんの両腕はどこにあるの？」

「分からない。よく覚えていないんだ。たぶん、あの部屋の入口に置いて来たと思う。正気じゃなかった。俺だって本栖さんを殺したくなかった」

「人間って、サイコパスじゃなくても、十分残酷なことができるんだね。父さんを殺さない方法だってあったはずなのに……」

「俺じゃあ本栖さんとまともにやりあって勝てるわけがない。失敗は許されなかった」

「手段を選ぶ余裕は十分あったと思うけど」

「妹をどうしても助けたいんだ。一番確実な方法を選んだだけだ」

「呆れた。雑な考え方で頭くらくらする。吉田さん、あなたほんとに鬼塚の思う通りに動いて、殺人までして妹も殺されて、踏んだり蹴ったりな可哀想な人だね」

彩子の挑発に吉田は思わずカッとなり、身動きをしたが、彩子は吉田の折れている両腕を両足で踏んだ。絶叫が轟《とどろ》く。

「あんたに与えられた、本当のミッションは、砦を壊すこと。父さんを殺すことだったんだよ。分からない？　分からないよね？　そういうヤバいやつなんだよ鬼塚は！」

河口は痛みに悶える吉田と、怒りに震えた彩子の間に入った。

「彩子さん、もうやめましょう。これじゃあまるで拷問だ」

「分かってる。それにもう、私にも時間がない。あと一〇〇ミリリットルくらいしか余裕ないと思う」

「一〇〇ミリリットル？　なんのことですか？」

「あと一〇〇ミリリットルくらいで意識が飛ぶってこと。早く救急車呼んでくれないかな」

彩子の言葉に驚いた河口が視線を落とすと、彩子の太ももはかなり出血しているようだった。

「かすっただけなんて嘘じゃないですか！」

「大丈夫、痛くないから。ただ、目で確認している出血の量を計算するとあと一〇〇ミリリットルで意識がなくなる。父さんと実験したことがあるから確かだよ。ただ、鬼塚は私の死体を望んでいるわけじゃないから、ここから先は安全なはず。私が死体になったら、鬼塚の望みは永遠に叶わなくなるからね」

「あなたと本栖さんには驚かされるばかりだ」

「利害が一致しているって最高で最悪なの、ねえ、急いで？」

河口は懐中電灯の代わりにしてしまっていたスマートフォンのバッテリーを気にしながら電話をかけた。


目覚めると視界に入ったのは真っ白な天井だった。彩子は両手の指先と、両足のつま先を動かしてみた。すべてがよく動いた。肉体的な問題は回避できたらしい。強烈な喉の渇きを覚えて、ナースコールを押そうとしたが、ふと、これからのことを考えていないことに気づいた。

本栖が死んでしまった今、彩子には無数の選択肢があった。このナースコールを押せば、その選択肢は限られてしまうかもしれない。彩子は目の上をさすりながら無数のパターンを思い描いたが、それでもナースコールを押すことにした。

看護師と一緒に河口が入って来た。どうやら病室の外で待機していたらしい。彩子は水を飲んでから、河口に今日の日付を聞いた。告げられた日付を聞いて彩子は頷いた。あれから三日たっていた。

「三日間眠りっぱなしでした。この状態でよく生きてるな、って医者が驚いていましたよ」

「自分がこんなに眠れるとは思わなかった。ねえ、父さんの遺体は？」

「今日、検死が終わる予定です」

「そう。吉田さんはどうしているの？」

「この病院とは違う病院で入院しています。本栖さんを殺したことを全面的に認めています。そして、残念なことに、妹さんの遺体が都内で発見されました」

誰かのため何かのためが、人間は一番弱くて強い。そして恐ろしいことができる、と本栖が言っていたのを彩子は思い出した。吉田に色々言い放ち、怒りを覚えたが、彼がそうしてしまったことは無理もないのだ。吉田が冷静に考えることができたなら、踊らされているのはきっと分かった。しかし、妹を人質にとられた吉田は冷静ではいられなかったのだ。

「ねえ、今本当に連続妊婦殺人事件の捜査って進んでる？」

「進んでいるはずです」

「要するに進んでないってことでしょ？」

「鬼塚という名前が出てきたことで進めるはずです」

彩子は微笑んだ。選び取ったほうで間違いなかったようだ。河口はこれからも恐らく自分に対して何かを包み隠すことはないだろう。

「河口さんって、隠しごとが苦手なの？　内部の情報を部外者の私に言うのって職業的にヤバくない？」

「あなたが部外者になるとは思えないから問題ありません」

「どういうこと？」

「僕は以前から、彩子さん、あなたに捜査協力してもらうべきだと上に掛け合っていたんです。取り合ってもらえませんでした。ですが……」

もごもごと言い淀《よど》む河口を見かねて河口が言えない言葉の続きを彩子が繋いだ。

「私が容疑者リストからはずれた上に、可哀想なあなたの先輩が父さんを殺してしまったから、上に交渉しやすくなった、って言いたいわけ？」

「要約すると、そうなりますね」

彩子は河口を頭からつま先までしげしげと観察した。

「あまり、刑事らしくない人だなとは思っていたけど、河口さんに普通の人だって言ったのは撤回するね。猫をも殺しかねない好奇心と正確な天秤をもってるヤバいやつだったんだね」

「どうとでも。でもあなたは断らないはずだ。断るつもりなら、とっくに病室から逃げ出していたでしょう？　違いますか？」

彩子は自分は人の心を読むことに長《た》けているという自負があった。有利にゲームを進めるためには必要な才能であったし、今までもそれにより正しい選択をしてきた。しかし、彩子の心の内を的確に読める人間はひとりもいなかった。自分を養子にして、あのように手厚く面倒なことを引き受けた本栖さえできなかった。けれど、河口はそれをいとも簡単にやってのけた。それが吉と出るのか凶と出るのかは分からないが、ただシンプルに面白そうだ。

「どうせ、この病室の外は完全に包囲されているんでしょう？　逃げたりなんかしない」

「あなたなら、どんな手段を使ってでも逃げ出せますよ。僕はそう確信しています」

彩子はふふふと笑った。

「いいよ。捜査に協力しても。ただし、私の目的は鬼塚の息の根を止めることだから、河口さんと利害が一致しないことがこれから起きることがあるかも。その時は躊躇《ためら》わずに自分の利害を優先させてね」

「後ろ手に手錠をされたことを絶対に忘れないようにします」

河口が差し出した手を彩子は握り返した。

「私は自分の利益しか追求しないって、一日三回くらい唱えてね。父さんはそうしてた」

「本栖さん……。本栖さんは、利害の一致だけじゃなく、娘としての彩子さんに愛情を持っていたとしか僕には思えないんですけどね」

「どうかな。そういうのが私には分からないから。でも、あの人は私のために死んだ。その結果は受け入れる」

彩子は医師が止めるのをやんわりと受け流し、予定よりずっと早く退院すると、本栖の葬儀を行い、砦であったあの家を引き払った。もうあそこで生活できないことは明白だった。新しい砦は自分で作らなければならない。

ちょうど彩子が新しい砦に移った日に、新たな被害者が発見された。

連続妊婦殺人事件の犯人はまだ捕まっていない。

ファイル1

スマートフォンに表示されている地図を確認してもう一度その建物を見て河口はあんぐりと口を開けた。確かに砦と言う言葉にはうってつけの物々しさはある。しかしながらこれが十代の女の子の住処《すみか》なのだろうか？　しかもひとり暮らしだ。

本栖から彩子は生活費を投資で稼いでいるとは聞いていたが、いったいいくら稼いでいるのだろう。自分の年収ではまったく縁のなさそうなタワーマンションを上から下へ何回も舐めるように眺めてから、河口は恐る恐るエントランスに近づいた。

まるで高級ホテルのフロントようなエントランスに河口は戸惑うばかりだった。コンシェルジュの案内に従い彩子の部屋に着くと、タイミングよく彩子が扉を開けた。

「河口さん、遅かったね。迷子にでもなってたの？」

山中湖よりは東京のほうが気温は確実に高い、とは言っても今は十二月だ。にもかかわらず彩子は相変わらず、季節感のないTシャツに短パンと薄着だった。マンションの室内だというのに凍えそうなほど寒かった。ぶるりと大きく体を震わせてから、河口は玄関で脱いだ黒いコートをもう一度着た。

「彩子さん、もう少し何か着ないとダメです。それから暖房もつけないと、知らないうちに体調を崩しますよ」

河口は室内に入ると空調のリモコンをまず探した。

広いリビングでそれらしきスイッチを見つけて温度調整をすると、河口は部屋を見回した。ソファーもテレビもないリビングには生活感がない。嫌な予感がしてキッチンに向かい、冷蔵庫を開けた。中にはぎっしりと栄養補助食品が詰まっている。

「彩子さん、まさか……」

彩子は河口が閉めかけた扉を開けて中からひとつつかむと、パッケージを破いて中身を食べはじめた。

「あー。引っ越してから忙しかったから。これなら栄養のバランスもいいし、カロリー計算も簡単だから、父さんから聞いてるかもしれないけど、私、あまり空腹も満腹も感じないいし、食べ物にもこだわりがないから」

「その固形物はあくまでも……」

「栄養補助食品ってことを理解はしてる」

彩子は珍しくバツの悪そうな表情を浮かべていた。

「料理がというより、食事が苦手だから長浜さんに来てもらっていたんですね」

「まあ最初はそうだったけど、長浜さんに来てもらって良かったのはそれだけじゃない。あの人、良くも悪くも普通のおばちゃんだった。本の中から出てきそうなかんじ。要するに私にとってはファンタジーの世界の登場人物に近かった。でもお陰でいろいろ学べたよ」

彩子は今まで普通の生活をしていない。そして、恐らくこれから先もそうだろう。食べ物に気を遣ってくれたのは、長浜が初めてだったのかもしれない。河口はやりきれない気持ちになった。

彩子は栄養補助食品の最後の一口を食べるとスポーツドリンクを飲んだ。

「ねえ、それよりも言ってたやつ、持ってきてくれた？」

「もちろんです」

河口は彩子に頼まれていた捜査資料を渡した。彩子は真剣にそれに見入っている。

河口はふと気がかりだったことを尋ねた。

「下にコンシェルジュが常駐していたみたいですけど、コンシェルジュがいたほうがセキュリティ的に問題は出ませんか？　鬼塚から賄賂《わいろ》を受け取ったり、人質を取られたりした場合、彩子さんの部屋に入れてしまうかもしれません」

「うん。私もそう思った。だから、コンシェルジュの派遣元の会社を買ったの。ここに派遣される人は身寄りのない、借金のない人に限定してる。破格の報酬つきにしたしね」

「派遣元を買ったって、いったい、どうやってそんなお金……」

驚愕《きょうがく》のあまり目を丸くする河口を見て彩子は笑った。

「私は鬼塚みたいに悪趣味な連中相手に悪趣味な商売をして大儲《もう》けをするなんてことはできない。でも鬼塚から逃げるにしろ鬼塚に対抗するにしろお金が必要なのは明確だったから、高値をつけて売ったの」

「売った？　何をですか？」

「私の脳」

「は？」

河口の目がさらに見開かれた。そんなことには構わず、彩子はトランプのカードを配るかのように捜査資料を三つに分けていた。

「脳を売るってどういうことですか？」

資料を分け終えた彩子は笑顔でこう言った。

「私の死後、私の脳を手に入れる権利を売ったの。悪趣味なオークションでね。サイコパスの脳をオブジェにしたいだなんて、そっちのほうがサイコパスよりもよっぽど人としてどうかとは思うけど、高値で売れたのは良かった。私には資産と呼べるものは何もなかったし、父さんに頼るにも限度があったしね。脳を売ったお金を元手に投資をして増やしたの。でもそれでも鬼塚の財力には及ばないかもしれない」

自分の脳をオークションにかける。そんな馬鹿げた話があるだろうか？

しかし、それが馬鹿げた話ではないことをこのマンションが物語っている。

「それが本当だとしたら、あなたを狙う人間は鬼塚だけじゃない。あなたの脳を早く手に入れようとする人間やあなたの脳を転売しようとする人間にも狙われてしまう」

彩子は甲高く口笛を吹いた。

「流石河口さん。察しがいいね」

「褒められても、全然嬉しくないです。鬼塚だけでも危険なのに自ら危険を呼び込むようなこと……」

「取るべきリスクを取っただけ。鬼塚は今相当な資産を持っているはずだよ。自分のグルメのためならなんでもできるくらいの金とコネを持っていると思う」

「どうしてそう思うんですか？」

「私ならそうするから」

これ以上の説得力はないはずだが、何故か河口は複雑な気持ちになった。彩子は捜査資料すべてを分け終えたようだった。

「さてと、私が捜査本部に近づくのをよく思わない人達のために、なるべくイリュージョンレベルのコメントを寄せたほうがいいんだよね？」

「すみません。思っていたより手強かったです」

本栖の死は警視庁に激震を走らせた。さらに吉田の逮捕により、以前より彩子に複雑な感情を、抱くものも少なくない。容疑者リストからはずれただけでは捜査に協力させるメリットの判断材料が少ない、と言われ、河口は唇を噛み締めたのだ。

「今回の実行犯は三人以上だね」

彩子は三つに分けた捜査資料を指差してそう言った。

「どうして、そう思うんですか？」

「犠牲者は今のところ十八人の妊婦。実行犯はお腹の中身だけじゃなく、タイプの違うお土産を持ち帰ってる。それが三種類あるから、実行犯は三人以上のはず。お土産は耳と髪と爪の三種類」

「ひとりで三種類と言う可能性もあると思うんですが……」

彩子は大きな瞳を細くして河口を睨みつけた。

「まさか、本気で言ってるわけじゃないよね？　だとしたらフェティシズムを舐めすぎだと思うけど……」

「フェティシズムを舐めているわけではないです。確かに現在複数犯の線で捜査は進んでいるんですが、組織的な犯行だとしたら、あまりにもうまくいきすぎていて、なんかこう……」

「ムカつくってこと？」

「平たく言えばそうかもしれません。共犯者が三人もいるとしたら、本来はボロが出やすいはずですから」

彩子はふむふむと頷いた。

「そういうとこは普通の人なんだね。この実行犯はたぶん、今までも似たような事件かそれと分かる兆《きざ》しを見せていると思う。その綻《ほころ》びから見つけるか、もしくはこれから起きる事件を待つか。二択かな。今までうまくいきすぎているのは裏に鬼塚がいたからだけど、これから起きる事件はそううまくいかなくなってくるはずだから」

「どうして、今後彼らの犯行がうまくいかないと思うんですか？」

「鬼塚の息がかかってないから。鬼塚がこの事件を起こした目的は私を誘《おび》き寄せることと、父さんを殺すことだったはず。このふたつを達成した今、鬼塚は彼ら三人に同じ犯行を繰り返させるような指示や計画は与えていないと思う。でもね、それは鬼塚にとってはそうっていうだけ。成功体験って甘い。彼ら三人の中から鬼塚の完璧な計画だったということを忘れて、自分なりに計画的に犯行を繰り返そうとするやつが出てきてもおかしくない」

そこまで言うと彩子は軽く、はーっとため息をついて苦虫を噛み潰したような顔をしてから、リビングに河口を置いたまま、別室に行ってしまった。

戻ってきた彩子はデニムにダウンジャケットを着ていた。

「ちょっと行きたいところがあるんだけど。ついてきて欲しいんだ」

「危険な場所ですか？」

「危険っていう感覚もよく分からないけど、確実に安全。私にとってはまた少し面倒なことを引き寄せちゃうから厄介ではあるんだけど、でも便利なほうがいいし」

ブツブツ何か言いながら歩く彩子について吉田は彩子のマンションを出た。

河口が車をコインパーキングに駐めると彩子はシートベルトをはずし、落ち着いた様子で外に出た。いったい、なんのためにここに連れてこられたのか分からない河口は戸惑いながらも彩子の後についていくしかなかった。

渋谷だった。車から離れ、井の頭通りを歩いてしばらくすると、彩子はある看板をさっと確認し、そのネットカフェに入った。

そして、受付で手続きをすることもなく、迷いなく個室に向かい、ルームナンバー5を軽くノックした。

河口は従業員に引き止められていたが、刑事であることと、もっともらしそうな理由を述べてどうにか彩子の近くまで来た。その瞬間に、ルームナンバー5から小さな声で「誰？」と言う声が聞こえた。

「にしさ……」

彩子が名前を最後まで言い終えないうちに、ルームナンバー5の軽いドアは、弾いたバネのように勢いよく開き、中から彩子より少し大人びた顔をした長い黒髪の少女が飛び出して、彩子に抱きついた。彩子より頭一つ分背の高い彼女は、グレイのタートルネックにデニムをはいた装いで生真面目な学生のような印象だった。彩子はその少女の熱烈な歓迎ぶりにいささかげんなりした様子だったが、彼女にされるがままだった。

河口は彩子にこんなに親しげに近づくことのできる、仲の良い同世代の友人がいることに、驚きを隠せなかった。

「彩子、やっぱりあのジジイから逃げて来たんだ。あんな田舎にあんたを閉じ込めておけるはずないもんね」

嬉々としてそう言いながら、少女は彩子の頭を両手で撫でて彩子の両手の平と甲を確認していた。いよいよ鬱陶《うっとう》しくなったのか、彩子は手を引っ込めた。

「杏樹《あんじゅ》、私は別に逃げ出したわけじゃない。父さんは死んだの。まあ色々あって、この刑事さんと一緒に行動してる」

刑事と聞いて杏樹と呼ばれた少女は体を強張らせ、表情を凍らせた。今度は彩子が背伸びをして杏樹の頭を両手で撫でた。

「大丈夫。多少のやましいことは目をつぶってくれるはずだし、杏樹は私が言ったこと、ちゃんと覚えてたって、その恰好見れば分かるから大丈夫。ただ、力を貸して欲しい。杏樹に『間違い探し』をして欲しいんだ」

杏樹は微動だにしなかったが「間違い探し」というキーワードに明らかにリラックスしたようだった。

「杏樹の力が必要なんだ」

彩子がそう頼むと、杏樹は長くて艶々《つやつや》した黒髪を左手でかきあげながらこう言った。

「今度は何を約束してくれるの？」

「たぶん、一番望んでいることを、今度こそ叶えてあげられると思う」

「本気で言ってる？　どんな大人も『いつか、きっとね』って薄笑いすんの。嘘ばっかり」

「私はいつだって本気だったでしょ？　少なくとも杏樹には嘘をついていないはずだよ」

「そうだね。彩子はどうしてだか、私に嘘はつかなかった。あんなに面白いくらい誰でも出し抜いていたのに」

しばらくの沈黙の末、杏樹は笑った。

「どこですればいいの？　間違い探し」

「私の部屋」

「終わったらすぐに、杏奈と暮らせる？」

「二ケ月以内には」

「もっと早くできない？」

「これを逃したらこの先チャンスが来るかどうか分からないよ」

「十分で支度するから外で待ってて」

そう言い残して杏樹はルームナンバー5に戻った。

彩子は状況がまったく飲み込めない河口を引きずるように店外に連れ出す。ネットカフェの外に出て彩子は通りを歩く人々を眺めた。河口はそんな彩子の視線の先を遮るように疑問をぶつけた。

「彩子さん、彼女はいったい何者なんですか？」

「本橋杏樹《もとはしあんじゅ》十九歳。医療少年院で一緒だった。まあ、杏樹は私と違ってひとり殺してるけどね」

「えっ！」

驚きのあまり言葉に詰まる河口の顔に彩子は呆れた。

「人殺しって、捜査一課の刑事さんには珍しくもないよね？　そんなに驚かなくてもよくない？杏樹は確かに殺人を犯したけどきっと殺すだけじゃあ、飽き足りなかったはずだよって、医療少年院の医師のひとりは言ってたよ」

「いったい誰を殺したんですか？」

「里親。杏樹と妹の杏奈《あんな》は母親にネグレクトされて養護施設にいたんだけど姉妹ふたりとも引き取ってくれる里親が運良く見つかった。姉妹ふたりでっていうのは杏樹が望んだことだった。けど開けてみたらその里親の目的は身寄りのない女の子をおもちゃにすることだった。引き取られたその日から杏樹のお人形生活がはじまったというわけ。里親は弱みを見つけるのがうまかった。というより弱みのために姉妹セットで引き取ったんだろうね。杏樹の弱みは妹の杏奈だった。大人しくしないのなら代わりに妹を人形にするぞ、とかなんとか言われていた」

「妹を人質に？　だったら、どうして里親を殺してしまったんですか？」

彩子は鼻で笑った。

「里親は最初から姉妹ふたりともを人形にするつもりだった。妹には姉を酷い目にあわせるぞと言っていた。その事実に杏樹は気づいてしまったんだ。ねえ、杏樹ってかわいいと思わなかった？　かわいいとか綺麗とか、弱者の立場だと弱みにしかならないみたい」

河口が言い返す言葉を見つけられずにいると、荷物を抱えた杏樹が息を切らしながら現れたので口を噤《つぐ》んだ。

三人は河口の車で移動し、彩子のマンションに入ると杏樹は河口より執拗《しつよう》に部屋中を物色してダメ出しをした。

「ほとんど倉庫じゃない。これならネットカフェのほうがマシ」

「杏樹が快適に過ごせるように努力はするよ。でもまあ、とりあえず間違い探しをして欲しいんだ」

「彩子が努力ってすごく嘘くさいけど。やるよ」

彩子は三つに分けていた捜査資料を敢《あ》えてシャッフルしてから何もないリビングの広々した床一面に広げた。杏樹は操作資料を踏まないように動き回りながら資料に貼られた夥しい数の写真を素早く見ている。河口はその奇妙な儀式のような作業に首を傾げた。

「杏樹さんはいったい何をしているんですか？」

「杏樹の目はわずかな違和感を逃さないの。カメラアイっていうやつ。医療少年院で誰かの私物がなくなると杏樹が見つけた。目に入る情報の微かな差も杏樹の目は逃さないんだ。すごいでしょ？」

杏樹は床に置かれた捜査資料の中から、選んだ写真を今度は彩子の前に並べた。

「何か分かった？」

「この人たちさあ、全員妊婦なんだよね？　でも住んでる部屋に男の気配がない人がほとんどでちょっと不気味だった。みんなシンママ？　怖いよ。私を産んだ女みたいになりそうで」

「そういう人のほうが狙いやすいし、つけ込みやすいんだよ。で、何か分かった？」

「うん。こんなことが事件の解決に役立つようにも思えないけど」

杏樹は捜査資料を三つに分けているようだった。河口はそれにギクリとした。

「ひとつ目はこれ」

杏樹は写真の中のバスルームの小さなグリーンのボトルを指差した。

「シャンプーかトリートメントだと思うけどこのラベル、ドラッグストアとかで売ってないやつだと思う。このボトルを置いているのがこの六人」

杏樹が選んだ六人は彩子がお土産に「髪」を持っていかれたと言った六人とぴたりと一致していた。河口は身を乗り出して杏樹に問いかけた。

「市販品ではないというのは確かですか」

「分からない。でも私が最近行った三軒のドラッグストアでは見かけなかったよ」

「それは調べてみないと分からないのでは？」

河口の愚問に彩子は忍び笑いした。

「河口さん、ちょっとスマホ貸して？」

訝しがりながらも彩子に渡すと彩子は杏樹に目で合図をし、杏樹はそれに頷いた。彩子は電話帳を開き、杏樹の目の前でア行からサッとスクロールした。三秒にも満たないくらいの時間だった。そして電話帳の画面を開いたまま河口に返した。

「意外と電話帳の人数少ないね」

「いったい、どういうことなんですか？」

「すぐ分かるよ。杏樹、はじめて」

杏樹はまた頷くと、彩子の指示に従った。

「アカツキ眼科、赤西信二、五十畑文則………」

最初は何のことか分からなかった河口だったが、聞き覚えのある名前にハッとし、自分のスマートフォンの電話帳を確認した。杏樹はア行から順番に一行も間違えることなく淡々と登録されている名前を口にした。

まるで正確なリストが手元にあり、それを読み上げているようだった。

「もうやめていいよ杏樹。河口さん、杏樹は目で見たもの正確に記憶してしまうんだ。さらに杏樹の凄いところは、その記憶の検索エンジンが優秀だってこと。だから杏樹が三軒のドラッグストアの棚になかったって言ったらそれは絶対にないってこと」

「分かりました。このボトルがなんなのか調べてみます」

「杏樹、他に何か分かったことを教えて？」

杏樹はまた一枚の写真を指さした。

「ふたつ目はこれ。この六人の部屋に貼ってあるポスター。全部タッチが違って一見関連はなさそうなんだけど、よくみると同じ記号みたいなマークが入ってる」

杏樹はそのマークを自分のスマートフォンのイラストアプリを使って描いて見せた。太陽のような目のようなマークだった。それがポスターのどこに潜んでいるかひとつひとつ指差していく。

「カルトの可能性あるかもね。河口さん、調べてみて？」

河口は頷いた。

この六人は彩子がお土産に「爪」を持っていかれていると言った六人だった。

「あとは、これは偶然かもしれないけど……」

「何？」

「こっちの六人はイヤホンやヘッドホンやスピーカーなんかが全員ボーゼ社製品」

河口は叫びだしたい気持ちになった。偶然にしてはあまりにも気味が悪い。音楽を聴いていた彼女たちの両耳は奪われてしまったのだ。顔色の悪くなった河口に彩子が追い打ちをかける。

「分かるよね？　偶然なんかじゃないよ。ボーゼ社製品で音楽を聴いてるってところが重要なスパイスなんだよ。アップルパイに入ってるシナモンと同じ意味がこの六人を殺した人間にはあるんだ」

杏樹はうんざりした顔をした。

「やめてよ、彩子。当分アップルパイ食べたくなくなった。つくづく気持ち悪い。そんな手間暇かけないと勃起しないいんだったら勃起そのものを諦めちゃえばいいのに」

「今ごろたぶん、戦利品を並べて興奮していると思うよ。ひとりひとりとの思い出にひたりながら。共通点はもうない？」

「うん。ねえ彩子、私もう動けない」

杏樹がそう言って、リビングの床に座り込むと、彩子はキッチンに向かい冷蔵庫を開け、例の栄養補助食品を取り出して杏樹に放り投げた。

すると、杏樹は迷うことなく、まるでバレーボールのように、それをはたき落した。

「これＮＧフードベストテンに入ってる」

「ママの味ってことね。了解」

杏樹はムッとして眉間に皺を寄せた。

「あったかいごはんだったら、なんでもいいから。それとアイスクリーム。ラクトアイスとかアイスミルクじゃなくてアイスクリームね」

「あったかいのと冷たいの。美食家ってのはやだね。面倒で」

「バカ舌の彩子に言われたくない。ねえ、もう限界何か食べないと死ぬ。ウーバーで何か頼んでよ」

「ウーバーをここに呼ぶのは無防備です！」

河口の声が少し大きくなり杏樹の身体が強張る。彩子はお手上げと言わんばかりに　ため息をついた。

「河口さん、ちょっとコンシェルジュに行ってくるよ。近くに何があるか聞いてみる。杏樹の頭は燃費がすごく悪いんだ。ねえ杏樹、ウーバーは確かにこの人の言う通り呼べないし、呼ばないよ？　安全のためにね？　了解？」

杏樹がこくりと頷くと、河口が止める間もなく彩子は河口と杏樹を部屋に残していった。河口は杏樹に訊きたいことが山ほどあったが、訊いていいものか迷い、ひとまず杏樹がはたき落した栄養補助食品を拾って冷蔵庫に戻そうとした。すると杏樹がそれを止めた。

「やっぱ食べるよ。彩子が戻ってくるまで待つの辛いし。ねえ、その冷蔵庫何か飲み物入ってる？」

「スポーツドリンクだけ沢山入ってますけど」

「うげー。徹底してるな。彩子がスポーツドリンクのこと、なんて呼んでるか知ってる？　飲める点滴だよ？　彩子は実用性しか気にしないんだよね。私は無理。でも妥協するから一本持って来て」

杏樹は栄養補助食品のパッケージをあけて一口かじって嫌な顔をしたが、それでも咀嚼《そしゃく》し、スポーツドリンクで飲み下した。

「彩子がママの味って言ってたでしょ？　これはあったらまだましなほうの食べ物だった。私を産んだ女、子ども三人を置いて一週間とか一ヶ月とかあたりまえに居なくなったから。温かい食べ物って、私が覚えてる限り、養護施設に入るまで食べたことなかったんだよね」

「子ども三人って、もうひとり兄弟がいるんですか？　さっき彩子さんから杏樹さんには妹がいることは聞いていたんですが……」

杏樹は表情を強張らせて頷いた。

「弟がいた。まだ一歳だったけど死んじゃった。ほとんど餓死だったって後から聞いたんだ。今なら分かるよ？　私のせいじゃないってことも、私にできることなんてほとんどなかったってこともね。でもそんなこと、あの時の私には分かんなかった。弟が死んであの女が捕まった。弟が死んだおかげで私と杏奈は養護施設に行くことができたんだ。温かいごはんと清潔な服。全部弟が死んでなかったら手に入らなかった。そのことをさ、どう思えばいいのか分からなかった。記憶力がいいって最悪。あの部屋の全部、何がどんなだったか、ドアに貼られてたガムテープの色とか、汚れた服についてた模様とか、弟がどんなに小さかったかとか全部覚えてるもんね」

杏樹が話す凄惨《せいさん》な出来事を河口はただ聞くことしかできなかった。この話の続きはネットカフェを出る時に彩子から聞いていた。

「その顔だと彩子と私がどこで出会ったかは知ってるんだね。もし、養護施設から出なければとか、もし杏奈が被害に遭ってなければとか考えたこともあったけど、私あいつを殺したことを後悔したことない。私の中にあった怒りが全部消えたから。もしかしたら、私が殺したかったのはあいつじゃなくて、私たちを産んだ女だったかもしれない。あの女、もうとっくに刑務所から出てるんだ。今もどこかで自分の子どもを殺してるかもしれないって思うとゾッとする」

「里親を殺した時のことも、鮮明に覚えているんですか？」

「うん。こんな記憶力、辛いだけなんだけどさ、彩子の役に立って嬉しいよ」

「きっとこれから、楽しい思い出も沢山できますよ」

杏樹は最後の一口を食べながらにこりと笑い、河口に頷いてみせた。

「彩子のおかげで今はましな生活してると思う。彩子は医療少年院にいた時、私の記憶力を認めてくれて、利用した。そして大事なことを教えてくれたんだ。歩き方を変えるってことをね。テッド・バンディって知ってる？」

「もちろん知っています。有名なシリアルキラーですから」

三十人以上の髪の長い女ばかりを殺したシリアルキラーだ。容姿端麗、頭脳明晰そして人を人とも思わない犯行の数々。実際に彼が殺した人間の数は百人を超えるとも言われている。

「テッド・バンディはカモになる人間は歩き方で分かるって言ったんだって。彩子はたとえ話のつもりだったんだろうけど、私は本当に歩き方を変えたんだ。そうしたら歩く場所も変わった。

もう絶対誰かに自分の命とか運命とかを握らせないって決めてるんだ」

「まさか、テッド・バンディがこんな風に役に立つとは本人さえも思いつきもしなかったでしょうね」

「彩子を狙っているやつって、そのテッド・バンディよりもヤバいやつなんでしょ？」

「全貌がつかめていないので比較しにくいですが、彩子さんの言うことが真実ならかなり危険な人物です」

「どうして逃げないんだろう。彩子、こんなとこに住んでるくらいだから、お金は沢山持っているんでしょ？　海外にでも逃げちゃえばいいのに」

杏樹がそう言い終えるや否や、彩子が大量の袋を提げて部屋に戻って来た。袋を杏樹の目の前に並べる。

「逃げないのは、怖くないからだよ。でも私にも生物としての欲求はある。生き延びたい。そのためにアイツの息の根を止めたいんだ」

「生きたいんだったら、逃げればいいのに。普通は近寄らないよ？」

彩子は袋から中身を取り出しながら、ニッと笑った。

「私の普通はちょっと違う。生きたいからその妨げになる要因を潰しておくの。そのほうが確実に安全だから。それより、早く食べたら？　温かいごはん冷めちゃうよ？」

ずらりと並んだお弁当を物色して杏樹が次々と平らげるのを驚き半分、感心半分で眺めながら河口は、彩子が本当に「確実な安全」のためだけに戦っているのか考えてみたが、結論は出なかった。


新聞は五紙取っている。新聞の広々とした紙面がどうしてだかたまらなく好きなのだった。

どうしてだか、たまらなく好きなこと。

そんなことは誰しもいくつかは持っているだろう。

それは大きくふたつに分かれる。

・人に言っても笑い話ですむこと。
・人に言ったら笑い話ではすまないこと。

困ったことに、どうしてだか、たまらなく好きなこと、というものは恐らく笑い話ではすまないことのほうが圧倒的に多いだろう。実に困ったことだ。

新聞の広々とした紙面のある一点に注目して男は落胆と喜びの相反するふたつを同時に感じた。

コントロールが完璧でなかった落胆と、目指しているゴールにひとマス進んだ喜び。

この複雑なゲームを熟知しているのはまだ自分だけであるという優越感がもたらす喜び。喜びを反芻《はんすう》させるために何度もその記事を読んでいたが、男がいる部屋のドアがけたたましくノックされた。返事をすると、時代遅れの白いゆったりとしたワンピースを着た女がドアを開けた。

「先生、お客様がおいでです」

「こちらに来ていただきなさい」

先生と呼ばれた男がそう言うと女は安心してドアを閉めた。男はなおも名残惜しそうに新聞の紙面を見ていた。それは若い女性が殺された事件だった。

犯行がある事件によく似ていたが、大きく一点違うことがあった。

それは男が指示をしていない事件だということだった。

しもべは競わせたほうがよく働くから三人にしたのだが、やはりひとりにしておくべきだったか。

男がそう思いながら新聞を片付けると、再び部屋のドアがノックされた。

ゆっくりと部屋に入って来たのは夫婦とおぼしきふたりだった。ふたりともそのシルエットで良質のものを着ていると分かった。そして歩くたびに鳴る靴音で質のいい靴を履いていることも、誰にでも分かりそうだった。

人に見下されたり、蔑《さげす》まれたりすることなど、人生の中で一度もなく生きてきたことを察せられる雰囲気を纏《まと》ったふたりなのだが、ふたりとも死人のように顔は青ざめており、妻とおぼしき女は震える手を誤魔化すために必死でこぶしを握りしめていた。それでもその両手は震えていた。

社長室や校長室などを連想させるその部屋の黒く艶やかなソファーの応接セットに案内された夫婦は部屋の主である男を見上げた。

男は自分たちにとっての最後の頼みの綱だった。しかし噂が本当ならばとても恐ろしい男でもあるのだ。黒衣を纏った男は夫婦が想像していたよりもずっと若く、こちらを凝視しているその目は澄んでいた。柔和で美しいと言っても過言ではないその容貌《ようぼう》に妻の手の震えは次第に収まっていった。

男はにっこりと口角を上げて夫妻に問いかけた。

「おや？　もしかして人民党の山田議員でいらっしゃる？　将来の総理とも呼び声の高い方が、今日はどういったご用件で？　まあ私のところに来る方は少し込み入った事情を抱えている方たちばかりですけど詳しくお話しいただけますか？」

夫婦は互いに顔を見合わせてた。妻は唇をわなわなと震わせてから、男にこう言った。

「先生のお噂は聞いております。どうか私たちを助けてください」

彼らは悪魔に魂を売りに来たのだった。

サンドバッグの狙った場所を正確に拳や足で打ち続ける彩子を眺めながら杏樹は呆れた。

「サイボーグっぽいよ。もしくは工場のお菓子作ってる機械みたい」

「単調な練習が一番結果を出すの。回数をこなすのが大事」

「このマンションの下にもジムがついてるのに部屋の中までジムにしちゃって」

一番広い部屋をトレーニングルームにしたのが杏樹にとっては不満のようだった。

「僕としては、ピアノがないのが残念です」

河口の声に彩子はサンドバッグを打つのをやめた。

「ピアノはもうすぐ搬入されるよ。それより何があったの？」

「あのシャンプーのボトルがなんなのか分かりました。特定の美容室で売られているものでそこから被害者が同じ美容室に行っていることが分かったんですが……」

「容疑者が死んじゃった？」

「はい。そうなんです」

彩子はサンドバッグを打つのをやめて汗を拭いた。

「どんな風に死んでたの？」

「服毒自殺していました。まだはっきりとは分かりませんが、奥歯にカプセルのようなものが詰められていたようで、そこに毒が入っていた可能性が高いようです」

「まるで優秀なスパイみたいな死に方だね。そっか。他のふたりは見つかった？」

「まだです。ただ、今回容疑者が死んで自宅を家宅捜査することができたので……」

「警視庁から私に招待状が来てるってことね？」

「はい」

予想はしていた。容疑者が一度に全員死んでしまう可能性もあることを思えば、今のところひとりだけしか死んでいないというのは彩子にとっては吉報だった。皮肉なことにこの事件で最も恐れなければいけないのは、被害者が増え続けることではなく、三人の容疑者が全員死んでしまうことだ。

鬼塚に近づくための尻尾がつかめなくなってしまう。

彩子は残るふたりのどちらが長く生かされるのかを考えようとしたが、鼻で笑ってから考えるのをやめた。

たとえ相手の死刑が確実であったとしても、人道的に考えたら、先に殺されそうなほうを生かさなければならないだろう。

「耳か爪か。ボーゼ社かカルトか。河口さん、警視庁から招待されたなら殺された容疑者の部屋に行きたい。もちろん杏樹も一緒にね」

「分かりました。急いだほうがいいです。容疑者の残りのふたりを早く見つけないと。全員死なせるわけにはいきません」

彩子は口笛を吹いた。

「やっぱり河口さんは察しがいいね。杏樹、すぐ出掛けるよ」

「血塗れの床とかなさそうだから行く。でも、コンビニでおにぎり買ってからにしてよね。絶対お腹すくから」

おにぎりに彩子と河口は一瞬だけ笑ったが、一秒も無駄にはできないということはふたりとも分かっていたので素早く支度をすると、三人は死んでしまった美容師の自宅へと向かった。


用賀にある死んだ美容師が住んでいた部屋の住所以外の情報を河口はまったく手に入れていなかった。勤めていた美容院が表参道でその美容院に通っていた六人が「髪」を持ち帰られた被害者だった。

捜査本部が、オーナー、店長、従業員の中からふるいにかけていた矢先に容疑者らしき男が自殺してしまった。男はスタイリストになったばかりの田中弘樹《たなかひろき》二十二歳。仕事ぶりは至って真面目だったようだ。

容疑者の住む建物は上から見ると台形で少し古い物件だった。

エレベーターで四階に上がり、部屋の近くまで来ると河口は今一番顔を合わせたくない人物が部屋の前で仁王立ちをしているのを見つけて、思わず頭を抱えてその場にしゃがんだ。

「河口さん？　どうしたの？　すぐそこなんでしょ？」

「いやあ、ちょっと心の準備が……」

河口はもごもごと口ごもりながら、向こうの様子を気にしていた。彩子は唇を尖《とが》らせた。

「心の準備？　別にあそこに鬼塚がいるわけでもないのにどうして？」

「あそこに立っている庄司《しょうじ》警部なんですが、彩子さんが捜査に関わることを最後まで反対していました。本栖さんとてても長い付き合いだった、と聞いています。捜査本部で一番彩子さんに複雑な感情を持っているのは庄司警部だと思われるので……」

彩子は顎に手を当てながら数秒考えて鼻で笑った。

「私が気にしないことを河口さんが気にしてるのって、悪くないね。でもここでずっとうずくまっていられないし、そんなこと気にしていたら、私、生きていけなくなる」

彩子は杏樹に目配せをすると、しゃがんでいる河口をほとんど跨《また》ぐようにして部屋に向かった。

杏樹はそっと河口に囁《ささや》いた。

「私たちって、複雑な感情を抱く余裕がないみたい。彩子なら大丈夫だよ」

庄司正《しょうじただし》は彩子に気がつくと、ぎゅっと眉間に皺をよせた。本栖が彩子を養子にするという噂を聞いた時わざわざ本栖の家まで出向いて養子にするべきではないと説得したのは庄司その人だった。

西彩子の更生に関わることをこれからの人生の慰めにしたい、という本栖の言葉を庄司はまったく信じていなかった。本栖と庄司は性質的に対照的だ。空手の有段者で筋骨隆々で野生的な勘の鋭さが目立つ本栖に対し、いかにもお固そうなステンレスフレームの眼鏡をかけ、神経質そうな細面で理性的に物事を詰めていく頭脳派の庄司。

ぶつかり合うこともあったが、妙に馬が合うふたりだった。

庄司は本栖が死を覚悟して彩子を引き取ったと確信している。

その確信は珍しくも庄司の刑事としての勘がそう言っていた。

「子どもの来る場所じゃないと河口に言ったはずだが」

彩子は苦い表情の庄司に少しもひるむことなく、微笑んだ。

「警察としては、これ以上死人が増えるのはまずいし、容疑者が捕まらないのも、とても困るでしょう？」

「容疑者ならもう死んでいる」

「庄司さん、父さんはあなたのことよく私に話していた。警視庁イチ頭のキレるやつだって自慢してた。それなのに私を利用しないなんてどうかしてる」

淡々と事実を並べていく彩子に庄司は怒りを押さえきれなくなった。

「本栖はあんな死に方をしていい男じゃなかった！」

彩子の後ろにいた河口は目を見張った。庄司がこんなに感情的になるのが珍しかったからだ。

彩子は庄司の怒声に大きく頷いた。

「その点も一度ちゃんとあなたたちと話し合いたい。父さんは確かにあんな風に死ぬべきではなかった。でも思い出してみて？　誰が殺したの？」

庄司が返事をしないでいると、彩子は河口に目配せして部屋を開けさせた。

田中弘樹の部屋はいたってシンプルなワンルームで、殺人鬼がここで生活していたとは言われなければ分からない平凡な印象だった。

「杏樹、戸棚から何から全部河口さんに開けてもらってその目で見て。一番見つけて欲しいのはどこかの鍵」

「分かった」

すぐに杏樹が小さく悲鳴をあげた。

「杏樹？　何を見つけたの？」

「クローゼットの中に肩までのマネキンがいっぱい入ってるけど、髪がやけにリアルなの」

「うん、だってそれ本物の髪だもん」

杏樹はぎゃっ、とその場から飛びのいた。

河口はマネキンを一体取り出して、手袋をした手で恐る恐る触ってみて嫌な顔をした。

「確かに人の髪のようですね。全部鑑識にまわしましょう」

「うん。それは任せるよ。とにかく今この部屋から見つけたいのは、この部屋じゃない別の部屋に通じるヒント」

彩子たちが部屋の中を嗅《か》ぎまわるのを不機嫌そうに見ていた庄司が忌々し気な顔のまま彩子に尋ねた。

「別の部屋ってどういうことだ」

彩子はニッと微笑んだ。

「この部屋からはね、血の臭いがしない。死臭もない。だからどこかに解体専用の部屋があるはず」

「血の臭いだと？　警察犬でもあるまいし、適当なことを言う」

庄司があざ笑うのを杏樹が許さなかった。

「おじさん、彩子は味覚はほんとバカみたいだけど、嗅覚は警察犬もびっくりだと思うよ？　医療少年院の食事、匂いだけで見てもいないのにメニューを当ててたんだから」

「杏樹、今その話はいいや。庄司さん、まさかと思うけど、このまま容疑者死亡ですべての殺人を田中弘樹がやったことにして世間をなだめすかそうとか考えてるわけじゃないよね？」

「そんなことあるか！」

庄司が全身を震えさせ、声を荒げて否定したのを彩子は冷静に眺めて頷いた。

「だったら良かった。それにしても父さんから聞いてた庄司さんと、今目の前にいる庄司さんのイメージがかなり違ってちょっと面白い」

クスクス笑う彩子に一触即発の庄司だったが、危険を感じた河口がふたりの間に入った。

「彩子さん、庄司警部を挑発しないでください。わざとやっているでしょう？」

「そうだね。父さんよりかなり短気みたい。意外だね」

庄司はムッとしたまま彩子に問いかけた。

「田中がどこかに別の部屋を借りてそこで犯行に及んだということか？」

「田中か、他のふたりか第三者が借りてるかもしれないけど、倉庫か、調理場みたいなところで被害者から欲しいものを取り出していたと思う。取り出し方を誰かから教わっていた可能性もある」

「遺体の状態から最初は医療従事者の可能性を疑っていたんだが……」

「今回の三人は医者とかではないよ。ただ女が死ぬほど苦しむところを見ないと勃起も射精もできないとか、死姦以外興味がないとか異常性癖の持ち主であることは間違いないと思うけど」

身も蓋《ふた》もない彩子の物言いに庄司はいささか呆れた。

「おまえ、本当に十六歳か？」

彩子はニッと笑った。

「私のことは本栖健一郎が作ったサイボーグだとでも思っておけば使いやすいし、驚くことも少なくてすむんじゃない？」

「本栖は随分厄介なもんを作ったたな」

悪態は庄司なりの和解のつもりだったのか、そこから先は話が進みやすくなった。彩子は棚や抽斗《ひきだし》やバッグや衣装ケースなどを次々と何もかも開けていき、杏樹はそれをどんどん目でコピーしていく。膨大な量を短期間で記憶するのに疲れた杏樹はダイニングテーブルにポツンと置いてあったシュガーポットを思い出し、突然キッチンに向かった。

杏樹はグラニュー糖がたっぷり入ったそれを手に取ってからおや？　と首を傾げた。彩子は慌てて杏樹からシュガーポットを取り上げた。

「杏樹、おにぎりにしなよ。買ってきてるでしょ？　それか私ブドウ糖持ってるから、それ舐める？　そのシュガーポットはいくらなんでもやめたほうがいいよ」

「確かに一瞬、これでも舐めてしのごうとは思ったけど、この部屋にこれがあるのって変じゃない？　キッチン周り見る限りコーヒーも紅茶もここにはない。この部屋の住人は飲み物はペットボトルで済ませていたみたいなのに。これはなんに使うの？」

彩子は杏樹がすべてを言い終える前に、ガラスのシュガーポットの中身をテーブルの上に開けた。音もなくサラサラとこぼれたグラニュー糖が落ちきる前に、カツンと大きな音を立てて何かが出てきた。

「彩子、それってまさか」

「うん。たぶん、これがヒントだと思う」

中から出てきたのは車のキーだった。キーを手にした彩子をよそに空っぽになったシュガーポットを観察して河口は盛大にため息をついた。

「やけに綺麗だと思ったら、バカラだ。この家の中にあるものと釣り合いがとれない」

杏樹が首を傾げて彩子のほうを見たので彩子は河口が言わんとしていることを口にした。

「杏樹が常宿にしてたあのネットカフェのルームナンバー5にバーキンがあるのと同じくらい不自然だってこと。これは本人の持ち物じゃない可能性が高いって話」

「要はそのシュガーポットが高級品ってこと？　うん確かにそれならますます、それがここにあるのは変。この部屋にあるマグカップとかコップとか全部量販店のものだもん。それだけは分かんなかった見たことがないものだから」

「誰かが田中に渡したか、田中が死んでからここに置いたか。どちらにしても田中以外の人間が持ち主だよ」

「指紋は採れそうもないな。あんたらが触ってるから」

杏樹はムッとした。確かに正しいのは庄司だったがシュガーポットに気づいたのはそれに触っていた杏樹に他ならない。彩子は首を振って今にも文句を言いそうな杏樹をなだめた。

「指紋が取れたところで真犯人に近づけるとは限らないけどね」

「ともかくその鍵の正体と田中が他に物件を借りていないかを調べるしかないな」

直ちに取り掛からなければならないことが明確になった。庄司はすぐに捜査本部に帰っていった。

彩子と杏樹は部屋の中すべてとベランダまで隈《くま》なく見終え、河口に自宅まで送ってもらうことになった。部屋を出ると遠巻きに田中の部屋の様子をうかがうマンションの住人がちらほらしていた。河口が非常階段からマンションの入り口付近を覗くと見えたのは黒山の人だかりだった。

「困りました。どうしてだか新聞社や週刊誌の記者も来ています。彩子さんの姿は撮られないほうがいいですよね」

「私が警視庁と繋がっていると知ったら怒り狂いそうな人が沢山いるだろうしね」

彩子がため息をつくと杏樹は彩子からもらったブドウ糖を舐めながらこう言った。

「ここは先に、いかにも刑事です、って感じで河口さんが出て、河口さんが取り囲まれている隙に私達は住民として出ていけばいいんじゃない？」

「今日の杏樹は最高に冴えてる。河口さん、そうするしかないよね？」

河口はふうっと深呼吸をして自分ひとりだけエレベーターに向かった。彩子と杏樹は身を隠しながら階段を下りた。エントランスの向こうで河口はあっという間に大勢に取り囲まれている。

ふたりはその側をうまく通り過ぎることができるはずだった。異変に先に気づいたのは杏樹だった。人だかりから少し離れた場所で杏樹は彩子に言った。

「その角を曲がるまで止まらないで聞いて。あの中にシャツまで真っ黒なブラックコーデのスーツ着た長身の男がいたの分かる？　その男、何度も口の形を『サ』『イ』『コ』って繰り返してた。知り合い？」

「よく見てなかったな。確認したい」

角を曲がって元来た道を振り返り、杏樹はどの男だったかを教えた。すると彩子は弾かれたようにその男に向かって走り出した。

男は人垣の向こうから彩子がこちらに走ってくるのを見て口角をわずかに上げた。そして、慌てることもなく側に停車させていた車の後部座席に乗り込んだ。

彩子は男の微笑みに苛立ちを覚えた。完璧なアルカイックスマイル。杏樹ほどの記憶力はなくとも彩子はそれを覚えていた。

男を乗せた車は加速していった。彩子はリアガラスに向かって握りしめていたスマートフォンを投げつけたがリアガラスはヒビすら入らずに固い音をたてただけだった。

彩子が車の走り去った方角を睨みつけていると、杏樹が困惑した様子で近づいて来た。

「知り合いだったんだ？」

「まあね」

「よくないほうの知り合いってこと」

「諸悪の根源だよ」

「それって？　でも、彩子のママの男だったんでしょ？　それにしては若すぎない？」

「まあね。それより杏樹、あんたのこと危険な立場に追い込んじゃった。あの男に顔を見られたよね？」

「私も見たよ。それに車のナンバーも覚えてる」

「車のナンバーじゃあ、あいつにはたどり着けないかも。でも杏樹。あんたのことは私が守るから」

いつになく深刻そうな彩子に杏樹は肩をすくめた。

「彩子と一緒にいたら一番危険なのは彩子でしょ？　最悪彩子を盾にしてでも私は生き延びるから大丈夫。リスクが高くなった分報酬が早く欲しいところだけどね」

強気な杏樹の言葉に彩子は笑った。

「杏樹は本当に変わったね。出会った時と全然違う」

「地獄を生き抜いたから、天国なんて贅沢は言わないけど少しはましに生きていくつもり」

杏樹がそう言った瞬間、強いフラッシュがふたりに浴びせられた。ふたりは「あの男」に気を取られた代償を払わされていることに気づいた。

「もしかしてさ……」

「たぶんそう。あの男は私の姿を晒《さら》すため、そのためだけに。わざわざここまで来たんだ」

彩子は日差しを遮るように手をかざしたがフラッシュは容赦なくふりそそぎ、あっという間にカメラに囲まれた。

「ねえ、君って前の妊婦連続殺人事件の容疑者の娘でしょ？」

マイクを向けられはじめたころ、ようやく何が起きているのか気づいた河口が自分が着ていたスーツのジャケットを彩子に被せた。

杏樹が眉間に皺をよせた。

「酷い。これじゃまるで彩子が犯罪者みたい」

ハイエナのようにしつこく質問を繰り出してくるマスコミを掻《か》き分けてどうにか三人は車にたどり着いた。


週刊誌の記事は当然のように容疑者で死んでしまった田中弘樹の詳細なプロフィールや事件の真相と題した憶測が広がっていた。そして、一応、目に線は入れられているものの容疑者のマンションの前にいた彩子の写真も掲載されていた。河口は数誌を読み比べてみて反吐が出そうになった。

まるで、彩子が真犯人かのような書き方の記事がほとんどだった。

「河口さん、そんなの読んでるんだ？　暇そうだね」

サンドバッグを蹴り飛ばしながら、彩子は河口が丸めて持っていた週刊誌を見て笑った。彩子の写真を撮られたことで庄司からこっぴどく叱られた河口はげんなりしながら彩子の部屋に来たのだ。

「鬼塚という男はいったいどういうつもりなんですかね？　確かにこの記事で彩子さんに少なからずダメージを与えられたかもしれませんが、自ら僕らの前に姿を現すなんて、危険だとは思わないんでしょうか？」

「危険だとは思ってない。楽しむために取るべきリスクくらいにしか思っていないよ。鬼塚は恐らく美食以外の感覚がとても鈍い。この世から受け取れる唯一の感動がそれしかないからどこまでも突き進んでいけるし、大胆な行動もできる。それを思えば私が味覚に興味がないことに、世の中のみんなが感謝すべきだよね」

「この世から受け取れる感動が妊婦殺ししかないって言うんですか？」

「恐らくね」

河口が薄ら寒くなって身震いしていると、別室にいたらしい杏樹がトレーニングルームに飛び込んで来た。そしてラウンドガールのようにｉＰａｄを掲げた。

「できたよ。超自信作！」

杏樹のｉＰａｄの画面には男の顔が浮かんでいた。彩子は杏樹からｉＰａｄを受け取って画面をじっくりと見た。

「杏樹が描くとほとんど写真みたいだね。着ていた服とかまで……。でも色まで塗る必要あった？」

「まあ、途中から楽しくなっちゃったかもしれないのは認めるけど、うまく描けてるでしょ？」

河口も彩子が手にしていたｉＰａｄを覗きこむ。

「彩子さん、本当にこの男に間違いないんですか？　やけに若いと思うんですが」

「間違いない。私があの男を見間違うわけない。若いとか若くないとかってそんなに重要なことじゃないでしょ？」

「犯行に関してはそうでしょう。でも彼は彩子さんのお母さんの恋人だったんでしょう？　そうすると、なんというかまあ……」

彩子は深々とため息をつくとサンドバッグから離れ、スポーツドリンクを一口飲んでからこう言った。

「私にも分かっていないことはあるかもしれないよ？　それになるべくフェアにと考えてはいるけど。私だけ手札を全部見せてゲームを続けるつもりはない。重要なのは勝つことだから」

「ですが、彼の年齢も彼が何者かを突き止めるために必要な要素です」

ふたりは睨み合った。珍しくの河口は引き下がらなかった。

「そのうち分かると思う。河口さんにも。もちろん杏樹にもね。どちらにしろ今はあの男を捕まえられる証拠が何ひとつないから、あの男のことは後回しにするしかないよ。河口さんはともかく、庄司さんにこいつをどうにかしろって言っても、鼻で笑われるだけだと思うよ？　こうして杏樹に絵を描いてもらったのは、河口さんが鬼塚の顔を知らないせいで起きそうなトラブルを避けるため。鬼塚の話は今これ以上しても生産性がないよ。それよりも、あれがなんの鍵だか分かった？」

河口はしぶしぶ答えた。

「大型トラックの鍵でした。場所をようやく突き止めることができたので、庄司さんが向かっています」

彩子は目を見開いてグローブを投げ捨てた。

「大型トラック……。それ、早く言ってよ。庄司さんかなり危険。私たちも向かわないと」

「待ってください。大型トラックのどこが危険なんですか？」

彩子は杏樹が投げつけたデニムのジャケットをはおると険しい表情を河口に向けた。

「大型トラックはたぶん動くキッチン。今この瞬間に、もしかしたら、誰かが何かを調理しているかもしれない。急いで」


首都高速四号新宿線の上り線、代々木パーキングエリアに駐車しているトラックを張り込みはじめて、既に四時間以上が経過していた。庄司はスーツのポケットから煙草を探しそうになる自分に気づいて自嘲する。煙草は本栖が警視庁を去ってから一度も吸っていないのだ。

田中の部屋から見つかった鍵の正体を突き止めてからここまでは実に早かった。それだけ様々な防犯カメラにヒントが残っていたのだ。ここにこのトラックが駐車しているのは田中と他のふたりの人物がこのトラックを共有するためだった。

庄司はその映像を確認した際、血が滲むほど唇を噛み締めた「レクターガールの言う通りでしたね」と言った若い部下の胸倉をつかみたかったくらいだ。トマス・ハリスの小説の登場人物である、ハンニバル・レクター。通称レクター博士には指が六本あった。非常に知的で魅力的なサイコパスのシリアルキラーであることと、彼の嗜好《しこう》であるカニバリズム。西玲子の猟奇的な事件と西彩子の六指の類似性が、彩子が「レクターガール」と呼ばれる所以だった。庄司はあの小説のように彩子が事件解決の糸口を見つけたことにイライラしていた。けれども、それでも認めなければいけないのだ。彩子がいなければこれから、もっと人が死んでいたかもしれないことを。

庄司はこれまでどんな事件に関しても犯人像というものを極力描かないようにしていた。残酷な事件であればあるほど、犯人像は裏切られることが多々ある。それに反して犯人像を描きたがるのが本栖だった。ただ、今この瞬間、庄司は考えている。本栖ならばどんな犯人像を描くのかを。

自分と一緒にいたころの本栖ではなく、レクターガールと何年も生活を共にした今の本栖なら、いったいどんな犯人像を描くのか。

庄司は本栖と話したかった。そして、彼の死に責任を感じていた。庄司にとって、本栖の死に様は自死も同然だった。去来する感情に思わず右手のこぶしを握り締めていたら、部下から無線が入った。

「どうした？」

「警部、たった今、河口と西彩子が現れました。それから例のトラックなんですが荷台から明らかに物音が聞こえるんです」

「どんな音だ？」

「荷台の中から叩いているような音です」

「なんだと？」

荷台の中に誰かがいることは想定外だ。困ったことになった。これでは張り込みを継続することが難しい。田中の仲間とおぼしき容疑者ふたりはまだ特定できていなかった。中にいるのが人間なら人命救助を優先させなければならない。

「警部、段々音が大きくなっています。救助を求める声も聞こえます」

中にいるのは人間だ。庄司は深く息をついてから部下に指示を出した。

「滝本、おまえが今一番近いな、外から話しかけられないか」

「やってみます」

「油断はするな。近くで逆に監視されているかもしれないからな」

庄司の指示を受けて滝本は軽く深呼吸をした。滝本は河口の一年後輩だ。本栖とは面識がない。山中湖で尊敬していた先輩のひとりである吉田があの惨劇を引き起こしたことがいまだに信じ切れずにいた。山中湖の事件は捜査一課の誰をも疑心暗鬼にさせている。滝本にとって本栖の刑事としてのキャリアは聞いたことしかないほとんど伝説に近いものだったが、吉田はそうではない。

先輩であり同僚であり、共に捜査をしてきた仲間だった。あの正義漢が計画的な殺人を強いられてしまったことが信じられないし、そして恐ろしくもあった。

滝本は用心深く物音と叫び声のする荷台に近づいた。銃を構え周囲を確認した。そして荷台に向かって話しかけたが、中にいる人物はほとんど錯乱していて会話にならない。滝本に分かったのは聞こえる声から中にいるのはどうやら女のようだということだけだった。明らかにパニックを起こしており、会話が成立しない。とても、捜査に協力を求められそうな状態ではなさそうだ。

「警部、中にいるのは女性で錯乱しています。このままでは周囲にいる市民がこの物音に気づきそうです」

「そうか、仕方がない。開けるしかないな。応援に何人かまわすからそれまで待て……」

「待って。私が開ける」

庄司が滝本に指示をするといつの間にか背後にいた人物がそう言った。

彩子だった。

パーキングエリアのバックヤードに設置したモニターに庄司は初めて背を向け彩子を見た。

「何をしに来た？」

「決まってる。死体を減らしに来ただけだよ」

まっすぐにこちらを睨みつけるまばたきをほとんどしない彩子の目は狡猾《こうかつ》な爬虫類を思わせた。

庄司は目を逸《そ》らしたくなるのをぐっとこらえて睨み返した。

「民間人の子どもを捜査に加える？　そんなことをまだ本気で考えているのか？　そんなことはありえない」

彩子の後ろにいた河口は額に手を当て、杏樹は舌打ちをした。それでも彩子はモニターに向き直ろうとする庄司の肩に手をかけて止めた。

「父さんはね、私と暮らしはじめたころこう言った。人の弱点をすぐに見つけてしまうのは私の忌むべき欠点だって、でもね、最近は欠点だけじゃないとも言っていた。役に立つこともあるってね。庄司さんの弱点はなんだか分かってる？」

庄司は彩子の手を振り払った。

「俺に弱点なんかない」

「じゃあ、これから思い知ることになるよ。あなたの弱点は本栖健一郎に関する記憶。それがこれからの判断を狂わせる」

庄司が奥歯を噛み締め、こぶしを固く握りしめたのを彩子は見逃さなかった。これ以上何を言っても庄司の頑なな態度は変わらないだろう。むしろ、何か言えば益々強固になる一方に違いない。

彩子は自分のスマートフォン用のイヤホンマイクを装着し杏樹に電話をかけさせた。

「ずっと通話状態にしといて。杏樹はここでモニターを全部視界に入れて。おかしなことがあったら全部教えて」

「分かった」

「僕も行きます」

河口がそう言うと彩子は首を振った。

「私の今持っているカードで一番使えるのが杏樹でその次が河口さん。だから河口さんに杏樹を守ってもらいたいんだけど。私はあの吉田さんが太刀打ちできないと思った父さんの鼻を少なくとも四回は折ってる。よっぽどじゃない限り死なないし、私が死んだら向こうにとっては何もかもおしまいだから」

「あなたの強さは知っています。でもあなたは銃を携帯していない。杏樹さんはここにいればまず大丈夫です。庄司警部がいらっしゃる」

「河口、勝手なことを言うな」

飛んできた庄司の怒声に河口はこう返した。

「民間人の少女を守るのも刑事の仕事ですよね？」

「ふん！　勝手にしろ。何かあったら始末書だからな」

ブツブツ言う庄司に構わず、ふたりは問題のトラックへ向かった。

トラックの荷台を開ける準備を整えた滝本は庄司からの指示を待っていた。

「滝本、開けろ」

「はい」

トラックを包囲していた刑事たちはみな緊張した面持ちで、何が起こるのか身構えた。扉はゆっくりと開いた。照明が向けられ荷台の中が明らかになる。手術台を連想させる金属のテーブルを囲むように、冷蔵庫と棺を連想させる横型の冷凍庫、厚いアクリルで作られた透明の棚にはハサミやメスが規則正しく並んでいた。何を切り刻んでいたか想像しただけで反吐が出そうだ。壁には血液と思しきシミが飛んでいる場所もあった。この荷台ごと科学捜査が必要なことを滝本は実感した。

「先ほどお話した刑事です。もう大丈夫ですよ」

テーブルの下に隠れていた女に滝本が声をかけた。すっかりとおびえた様子の女だったが……。

モニターでその女の姿を確認した杏樹が息を飲んだ。

見開かれた杏樹の目は瞬時に確認した。そして、スマートフォンにこう叫んだ。

「首に、ボーゼ社のヘッドホン。彩子、離れて！」

庄司が慌てて滝本に同じことを言っても、間に合うはずがなかった。毛布に自分の手でくるんでやった女が、

「バン！　バン！　ブーン！」

と言うのを滝本が聞き終えたその瞬間だった。

ボン！　と大きく弾けるような音がし、彩子は駐車場のアスファルトに尻を打ちつけた。音のするほうを睨みつけると、トラックの荷台は木っ端みじんに四方に飛んでいき、周囲に停めてあっ

た乗用車や軽自動車を破壊していった。杏樹の指示は聞こえていたが、とても間に合わなかった。バカラのシュガーポットに入っていた鍵の行先が代々木パーキングエリアだと知った時に、脳内でありとあらゆるシミュレーションをした。一番いい選択は庄司が彩子の存在をどんなに憎くとも利用価値があると認めて、たとえ死なせることがあったとしても、あのトラックの荷台を彩子に開けさせることだった。彩子はすうっと大きく息を吸いゆっくり吐いた。どれだけ、自分がこの事件の解決に役に立つことを証明しなければいけないのか。途方もないほどの善行だとか徳だとかを積まねばならぬというのか。けれども今はそれを積む暇があるはずもないのだ。

「大丈夫ですか？」

河口の声に彩子はハッとした。河口が差し伸べた手をつかんで彩子は起き上がった。

「私はなんともない。河口さんは？」

「僕も大丈夫ですが。滝本さんたちが……。庄司さんの様子からすると、他にも怪我人がいるようです」

河口は無線の情報を聞きながら怪我人を探しに行った。

「彩子、聞こえる？」

杏樹の声に彩子は返事をした。

「聞こえる。杏樹、大丈夫？　そこから、絶対動かないで」

「あの女が耳の……ってことかな？」

「きっとね」

「男じゃなかったんだね。怖いね。彩子の敵……」

「私も負けてないよ」

「だって、私は彩子のためには死ねないよ？」

「私はそんなことをできたとしても望まないよ。絶対にね。ただ、あいつのために死ねる人間がいるのは確かに厄介だね」

「あ！　彩子、救急車が来たね」

「救急車？」

「彩子の右手のほうから」

「おかしい」

「何が？」

「来るのが早すぎるし、こんな大惨事にサイレンを鳴らしていない」

　彩子がそう言い終えるのとほとんど同時に救急車は彩子の目前で停車した。ドアが開くと同時に出てきたのは救急救命士の恰好をした三人の男だったが、三人は怪我人の救助には向かわず、彩子を取り押さえようとした。

　三人のうちのひとりに羽交い絞めにされそうになり肘で相手の鳩尾《みぞおち》をえぐろうとしたが、鋼《はがね》のような筋肉を叩くだけになってしまった。なかなか手ごわそうな相手に思わず舌打ちする。残りのふたりはメスを持ち彩子の足を片足ずつ押さえようとしていた。恐らくアキレス腱を切断するつもりなのだろう。彩子は足を押さえようとする男たちの顔面を渾身《こんしん》の力で蹴り上げた。ふたりは、ぐうと唸ってその場にうずくまる。けれど背後の男の力は振りほどけず、とうとう救急車に押し込められてしまった。

救急車は今度はサイレンを鳴らして、代々木パーキングエリアから離れようとしていた。

庄司はモニターから離れ、爆発したトラックに向かっていたので、モニターで彩子が救急車に押し込められたのを見ていたのは杏樹だけだった。爆発の混乱のために誰も彩子が攫《さらわ》れそうになっていることに気づいていない。ここから、絶対に動くなと言われた杏樹は一瞬迷ったが、河口を探すことに決めて、モニターで河口の位置を確かめて駐車場に飛び出した。

代々木パーキングエリアは地獄絵図さながらだった。大型トラックを囲んでいた刑事のほとんどが爆発のため負傷し、滝本は確認するまでもなく死亡したことが明白だった。彼の身体は助け出した女、恐らく犯人のひとりである女の身体と一緒に、四方八方に吹き飛んでしまった。粉々になった身体の一部は一般車両のボンネットや、一般人の足元に落下した。負傷した者も爆破を目撃した者も衝撃のあまり泣いたり叫んだり呻いたりしていた。

杏樹は外に出たことを後悔していた。またひとつ悪夢の引き金になる記憶が増えてしまったのだ。けれど嘆いてばかりはいられない。彩子が攫われたのだ。

杏樹は肩を大きく上下させて深呼吸をした。そして、カッと目を見開いた。

「私にとって彩子は一番使える最強のカードだから奪われるわけにはいかないんだよ」

そう呟きながら河口を探した。そして、その姿を見つけると一心不乱に走り出すと、河口もようやく杏樹の姿に気がついた。

「杏樹さん、ここにいたらだめです」

河口がそう言った瞬間にドウン！　と重たい爆発音が聞こえた。駐車場の車のガソリンに引火したようだった。杏樹は音のしたほうを見て舌打ちした。彩子に顔面を殴りつけられて、うずくまっていた偽物の救急救命士たちが、この地獄絵図を一層悲惨なものにしようとしているのだ。

衝撃音に反射的にふたりはかがんだ。かばおうとしてくれる河口の手を杏樹は振りほどいた。

「それどころじゃない！　彩子が攫われたんだ。これは彩子を誘拐するための手の込んだ罠なんだよ。庄司さんに、あの救急救命士ふたりを捕まえさせて。じゃないと全員死ぬまであいつらは爆発させるよ。私はあれで彩子を追いかける。河口さんもついてきて」

杏樹はそこまで言うとキーのついたハーレーダビッドソンにひらりと跨《また》がり、エンジンをかけて飛び出した。河口はようやく事態を飲み込み、配備されていた覆面の一台に乗り込むと杏樹の後を追いかけた。

サイレンを鳴らし猛スピードで走る救急車の中で、彩子は男と死闘を繰り広げていた。彩子のこぶしはなかなか決め手にならない。しかし、男も彩子を仕留めかねていた。殺してはいけないというルールでお互いを縛っているからだと彩子は思った。上に下になりながら、相手を殺すつもりでいかないと無理だとお互いが悟りだしたころ、救急車のサイレンが消えた。スピードが緩められているようだった。どこかで首都高から下りたのだろうか？

浮かんだ疑問に気を取られてしまったのが、彩子の敗因だった。

痛みはもちろんない。しかし、キリキリと引っ張り上げられたゴムのチューブが切断されたような破裂音が体中に響いた。耳から聞こえる音と体から響いた音で彩子は左足のアキレス腱を切られたのだと苦々しく思った。左足の動きを封じられてしまったため必然的に男にマウントを取られてしまった。

平手を数回張られ口の中を切った。男に血の混じった唾を吐いてやると、更に平手が飛んでくるが彩子は振り回された頭をゆっくりと男の正面に向けた。

「ヒッ！」

短く悲鳴を上げたのは痛めつけられている彩子ではなく有利になったはずの男のほうだった。

彩子はひるんだ男に薄く微笑んだ。

「格闘技経験者みたいだけど人を殺したことはないんでしょう？　なんのためにあの男の言いなりになっているの？　そんなに強いのにあの男が怖いの？」

普通の人間ならば痛みで口を利くどころか、痛みに悶絶《もんぜつ》するほどのダメージを与えたはずなのに、すらすらと淀みなくしゃべる彩子にマウントを取っていた男の目に浮かんだのは恐怖だった。

そして彩子はその恐怖をとらえた。ひるんでいる男の右腕を取り押さえ親指に狙いを定めると噛みついた。

「ぎゃあああああああ」

あまりの痛みに力任せに彩子を振り払おうとするが彩子は躊躇いもせず、親指の骨の感触を確認しながら力を込め続けた。

叫び声がすすり泣きのような呻き声に変わってから、彩子は力を抜いて噛みついていた指を放した。

再び叫び声が大きくなった男の痛む指を握りつぶすようにつかみ耳元で囁いた。

「この手じゃあもう私を追い詰められるような攻撃は無理でしょう？　だめ押しで折ってもいいけどどうする？」

男は諦めたのかふっと力を抜いた。彩子はパンツの後ろポケットから結束バンドを取りだすと、座らせた男の手を背中にまわさせ左右の親指をキリキリと締めあげた。低い呻き声の後で男は吐き捨てるように言った。

「化け物」

彩子はクツクツと笑った。

「お褒めいただいてほんとうに光栄。私が化け物じゃなかったら、とっくにあなたの主《あるじ》に食べられて骨も残ってない。今も私が生きているのは、あのけだものに立ち向かえる化け物だからだよ」

「先生はそんなことはなさらない！」

「先生？　あの男のことをそんな風に呼んでいるんだ？　あの男に何をしてもらったの？」

「先生は重病だった弟の命を救ってくれたんだ」

彩子は少し考えてからがっかりしたようにこう言った。

「そういうことね。ねえ、弟さんの病気って何か臓器提供を受けなければいけなかったんじゃない？」

「ああ。もし移植手術ができなければ弟は死んでいた。絶望的だったところに先生が現れたんだ。先生の理想の世界のためなら俺はなんだってするつもりだ」

「理想の世界って具体的にどんな世界？　どうせあの男の描いている歪んだ弱肉強食の世界でしょう？　絶望的だったのにどうしてあの男が弟さんを救えたか分からない？　弟さんの命が今あるのが誰かの命の犠牲のためだったとしても、あの男を先生と呼べるの？　それとも弟さんの命は見知らぬ誰かの命より大事だから仕方がないと言える？」

「そんなことが……あるはずが……」

男の青かった顔色はさらに色をなくしていった。彩子は淡々と話し続ける。

「まあ、もともとあの男だけのために犠牲になる命だったとは思う。牛タンを食べるためだけに牛を潰す人はきっといないから余すところなく利用することにしたってことだね。普通の人間なら罪悪感にさいなまれるのかな？　でも罪悪感なんてきっと必要ない。あなたたち兄弟はこんな風にして一生骨の髄《ずい》までしゃぶられる」

「そんなことがあるはずがない！　先生は慈悲深い方で大した身寄りもない俺たちを救ってくれたんだ」

彩子が明かす真実に男は抵抗し続けた。こんな事情で人を動かしているならあの男にはいったいどれほどポーンがいるだろうか？　ポーンだけでなく、ルークやナイトも沢山いるに違いない。

あの男と戦うための用意は足りているだろうか？　身の安全を守ることに時間と労力を使い過ぎてしまっただろうか？　そう悲観したところで彩子はトラックが爆破された時に杏樹と交わした会話の末に自分が何を考えたか思い出した。自分はあの男と同じ手段は選ばないと。ならば時間も労力も使い方は間違っていないはずだ。

うわごとのように先生の思い出と先生の正義を語る憐れな男に、彩子はこう言った。

「大丈夫。あなたは乗り心地の良い正義に乗ってしまっただけ。正義なんて簡単にひっくりかえる。でもあなたがこれからも弟のため、先生のために行動するなら逃げたくなる日が来ても正義から逃れられないよ」

彩子の言葉が届いたのかどうかは分からない。男はずっとぶつぶつと唱えるように何かを自分に言い聞かせているようだった。

彩子は小さくため息をついてから、救急車の扉を開いた。そしてこの車両の違和感が少しだけ理解できた。

開いた先の視界が薄暗い。

「バッグインバッグってことか」

スピードは確かに減速したので停車したように錯覚していた。けれども偽の救急車はまだ高速道路上にある。大型トラックの荷台に入っているのだ。人の気配をうかがいながら左足を引きずって救急車の運転席まで移動すると、男が座っているのが見えた。

彩子はこのドライバーが、さっきの男と同じくらい格闘経験がある可能性を考えたが、すぐに答えは出た。

ドライバーは彩子の姿を見てすぐさま両手を挙げて、こう言った。

「殺さないでくれ。俺はなんにも知らなかったんだ。あんな、テロみたいなことをするだなんて」

「殺すつもりはないから、両手をそのままにしていて」

彩子は運転席のドアを開け、下りるように指示をし、ドライバーを結束バンドで拘束した。

「いったいどうやれば高速道路でトラックの中に入り込むような運転ができるわけ？」

「俺も無線で指示をされた時は狂ってると思ったよ」

彩子はスマートフォンを取り出してみたが予想通り電波は遮断されているようだった。ＧＰＳの位置情報は反映されそうもないし、杏樹との通話も断たれてしまった。

「無茶だけど、技術的にこんな難しいことができるから命令された、ということだよね？」

「そうなるな」

「ってことはあなたはプロのドライバーでしょ？　だったら今このトラックの時速がどれくらいか分かる？」

男は少し考え込んだように一瞬下を向いてから彩子のほうに向き直った。

「恐らく法定速度通りのはずだ」

「そう。ありがとう」

彩子はドライバーの足も拘束して床に転がした。

トラックは一度左折したはずだ。どこに行くつもりだろう？　時速と経過時間を考えると左回りならそろそろ下りるか分岐に入るに違いない。いくら警察が爆弾処理に手こずっていたとしても検問を設けるはずだから、高速から下りると判断する確率のほうが高そうだ。

そして、このトラックの中にはもうひとりいないとおかしい。この中に救急車を招き入れた人物。それが鬼塚なら話は早いが、まずそれはありえないだろう。彩子は救急車の助手席に頭を下げて丸くなっている何かを見つけた。

「拘束させてもらうけど、何もしないから出てきて」

彩子がそう言うとうずくまっていた人物はゆっくりと上体を起こした。どこかあどけなさの残る顔をした少女だった。歳は彩子と同じくらいだろうか。濃紺の作業着のようなものを着ていた。

長い髪をポニーテールに纏めている。大きな目が誰かに似ている、と彩子は思った。

「こんな子どもにまでこんなことに加担させるなんて」

と言い捨てたら、怒りに満ちた言葉が返ってきた。

「あんただって子どもじゃん！　お姉ちゃんに伝えて。私はここにいるって」

彩子はハッとした。誰かに似ている。それは勘違いではなかったのだ。

「まさか、あなたは杏樹の妹？　嘘でしょ？」

「嘘なんかじゃない」

ややこしいことになってきたなと彩子は思った。

「どちらにしても拘束させてもらうよ。出てきて」

「絶対に嫌」

杏樹の妹だと言った少女は彩子を睨み付けると、握りしめていたらしいナイフを取り出した。いくら片足が使えなくても自分にそんなものは通用しないと言いたかったが、少女はそのナイフを彩子に振りかざすのではなく、自分の喉元につきつけた。

「どうしても拘束するなら私は死ぬから。そうしたらお姉ちゃんもあんたの言うことなんてきかなくなるよ？」

「いったい、どうしてこんな真似を？　自分の命をかけて、あなたにいったいどんなメリットがあるって言うの？」

「先生に恩返しできる」

杏奈はナイフを持つ手にグッと力を込めた。皮膚がナイフの形に凹む。彩子は舌打ちをした。杏樹の顔を鬼塚が見たかもしれないと恐れていたが、杏樹のことはもうずっと前から鬼塚は知っていて、自分と同じように杏樹の望みと弱点を知っていた。

彩子は自分が最大のミスをしてしまったことを痛感していた。もっと早く杏奈の身柄を確保すべきだったのだ。

「先生ね。先生よりも杏樹を探せばよかったのに。杏樹はずっとあなたと暮らしたいって言ってた。医療少年院の中でも、今でもそう」

杏奈は鼻で笑った。

「お姉ちゃんと暮らすだなんて私は絶対嫌。お姉ちゃんがお義父さんを殺したせいで私が今までどんな目に遭ってたと思う？　人殺しの妹で性的虐待に遭ってたってみんなに知られて、親があんなだから、お姉ちゃんが人殺しだから、虐待されてたから、みんな私にはどんな酷いことだって言っていいし、やっていいと思ってるんだ」

彩子は苦々しい気持ちでいっぱいになった。彩子自身も母親が殺人鬼だという理由で、唾を吐きかけられたことも、石を投げられたこともある。それでも、人から搾取されるようなことはなかった。

歩き方が違うからだ。

杏樹が変えたように杏奈も歩き方を変えなければ何度だって誰かから搾取される。歩き方に関しては杏樹が教えるはずだ、今のところ厄介なのはこの少女にかけられている洗脳だ。それが解けない限り他の教えは一切入らないだろう。

「先生はあなたを助けてくれたと思ってるの？　お気楽だね。その先生とやらは今まであなたが出会った一番酷い人間よりも、もっと貪欲にあなたから毟《むし》ろうとするよ？　だいたいその先生になんて言われてこの計画に加担したの？」

杏奈はナイフを持つ手を少しだけ緩めた。

「先生は私から何も毟ってなんかない！　私は先生に、先生の妹が警察に洗脳されているから、無理矢理にでも連れて来てほしいって頼まれたの。警察は先生を誘き寄せるために妹を捕まえてるんだって」

なるほど。今度のことでは鬼塚のほうがなかなかうまくやっている。鬼塚は杏奈に「彩子は警察に洗脳されている自分の妹だ」と言った。鬼塚に救われたと思い、洗脳されている杏奈にはただでさえこちらの言うことは耳に入りにくいのに、さらに反対勢力に洗脳された人間と対峙させられている緊張から、彩子がどんなことを言ったとしても歯が立たないのだ。

そうなるとこちらも少々手荒なことをしてでも杏奈を保護しなくてはいけないのだが、切断されたアキレス腱がかなりのハンディキャップを彩子に与えている。可能な手荒なことは限られていた。

「早く私から離れて！　両手を前に出して！」

杏奈が本気で死ぬ気はないとは分かってはいるが、杏奈の知らない仕掛けがあのナイフにされていてもおかしくはない。

彩子は大人しく両手を出した。杏奈は明らかにホッとしてナイフをしまった。


杏樹はハーレーを走らせ彩子を連れ去った救急車を尾行し、かろうじて救急車が大型トラックに吸い込まれて行くのを見た。

「嘘でしょ！　彩子！　聞こえる？」

通話は断たれていた。バックミラー越しに河口が近づいてきているのが分かったが、河口は救急車がトラックの荷台に入る瞬間を見逃している。トラックを見逃さないようにしながら、河口の車の右側に並ぶと杏樹は叫んだ。

「河口さん！　救急車はあのトラックの中に入っていった」

「ええっ！」

「この目で見たの！　もうあのトラックにぶつかるしかないよ」

「分かりました」

河口は分かったとは言ったものの、こんなカーチェイスが得意なタイプの刑事ではなかった。追い越し車線に移り、何台か車を追い越して、ようやくトラックに追いついたがなかなか思い切れない。

杏樹は河口の運転する覆面にぴったりと後続しながらイライラした。自分でやったほうがよっぽどましだ。どうにかあの運転席が自分のものにならないものかと思案する。そこでとんでもない荒技を思いついた。

「河口さん、その車ってアシスト機能ついてるよね？　自動運転で最大のスピードにして！　それから運転席のドアを開けて！」

「えええええ！」

「いいから、それで、助手席に移って！　運転は私がする。早く！」

杏樹の提案は無茶苦茶だったが、それでも河口は杏樹の指示に従った。ハーレーを蹴飛ばすように運転席に乗り込んできた杏樹の登場に河口は目を白黒させた。

「河口さん、助手席の下に発煙筒あるよね？　ハーレーに向かって投げて」

「分かりました」

杏樹が乗り捨てたハーレーは地面に叩きつけられた。その後を追うように煙が包んでいく。

「いいバイクだったのに……。本当にごめん」

杏樹はそう呟いてから車のアクセルをベタ踏みし、ハンドルを切り、トラックに近づいた。

トラックは何事もなかったかのように左車線を悠々と走っていた。

杏樹はトラックの右側にぴったりとつけた。河口はトラックに停車するように呼びかけたがそんなことは当たり前のように無視された。

「仕方がない。河口さん頭下げて」

「何をするつもりですか」

「何をしてでも止めるから」

「えええええ！」

「ちなみに私、こう見えても無免許だから後のことはよろしくね」

「えええええええええ！」

河口は絶叫しながら頭を下げた。

杏樹はスピードを緩め左車線に移り、トラックの後ろについた。バックミラーで後続車がいないか確認してから大きく深呼吸をした。

そして、力強くハンドルを握りしめると、アクセルを思い切り踏み込んで、トラックに突っ込んだ。

ドウンン。と今まで感じたことのない衝撃をお腹に受けて杏樹の腹は決まった。このトラックのしぶとい運転手がハンドルを切り損なうまでうまく体当たりしてやる。

彩子は無事だろうか？

彩子は絶対に自分は殺されないと言っていた。杏樹にできることはそれを信じて行動することだ。しっかりとハンドルを握りしめ、もう一度トラックの車体が一番グラつきそうな場所に狙いを定めた。

最初の衝撃で杏奈の体はフラついた。それを見逃す彩子ではなかった。杏奈の右手首を手刀で打つと、杏奈は小さく悲鳴をあげた。

ナイフはトラックの床を流星のように滑っていった。

彩子は再び杏奈に近づくと今度は首筋に手刀を食らわせた。杏奈は一言も発することなく気絶してその場に崩れ落ちる。

脈と呼吸だけ確認すると、すぐに結束バンドで後ろ手に拘束しようとしたが、また、トラックに何かが追突したような衝撃があった。彩子の体も、気を失っている崩れた杏奈の体もぐらついてなかなかうまくいかない。

「河口さんか杏樹？　きっと杏樹だな。助かったけどちょっとやりすぎだよ」

彩子はそう呟くと、今度こそ結束バンドで杏奈を拘束した。

河口と杏樹が来ているならこのまま悪魔の住処に連れて行かれるよりも、ひとまず引き上げて今あるヒントをとことん掘り下げたほうがいい。

彩子がそう思った瞬間、今度は先程とは明らかに違う衝撃が走った。ぶつけられたのではなくトラックが前方部分を何かにぶつけたのだろう、荷台は左右に激しく揺れ回転しているような感覚に襲われた。何度か何かにぶつけ蛇行運転をしているようだった。

ここで彩子ははたと気づいた。髪を集めていた男の末路はどうだったか。奥歯に仕込まれた毒を飲んで死んだ。

同じことを今このトラックの運転手がしたとしたらどうだろう？

彩子の胸に広がった疑問と答えがまるで正解だと言わんばかりにトラックの荷台は大きく揺れて再び何かに酷くぶつかり、動きが止まった。彩子は外に出ようと左足を引きずりながら出口に向かおうとすると、今度は爆発音とともに尻餅をつく羽目になった。外の様子はどうなっているのだろう？

彩子は出口を目指すのをやめて、せっかく拘束したはずの人間の結束バンドを切断してまわった。

「いったい、どういうつもりだ？」

彩子と死闘を繰り広げた男は我先にそう言った。

「放っておきたいけど、それが理由で死なれてもかなり厄介だから。さっき外で爆発音がしたよ。ここから一刻も早く脱出しないと次に爆発するのはこのトラックかもしれないでしょ？　命が惜しくないならもう一度拘束するけどどうする？　それでも私を今捕まえることを優先させる？」

男がぐうっと唸ると、ドライバーだった男が乗り出してきた。

「俺はこんなところで死にたくない。どうすればいい？」

彩子は頷いた。

「まず、あの扉の開け方を教えて？　内側から開くんでしょう？」

彩子がそう言ってトラックの荷台の後ろを指さすと、死闘を繰り広げた男がふんと鼻で笑った。

「あれなら俺が開ける」

彩子は眉を上げた。

「やめたほうがいい」

「どうしてだ？　俺のことが信用できないんだったら拘束を解かなければよかったんだ」

彩子はうんざりと言わんばかりのため息をついてから、トラックの後ろの壁を左手で押した。

じゅうううう。

誰もが焼き肉を連想させる音が静かに聞こえ、湯気だか煙だか分からないものが彩子の左手から湧きあがり、香ばしいにおいが辺りに漂った。

男たちは異様な光景の恐ろしさに言葉を失っていた。彩子は壁から手を離すとゆっくりと男たちを振り返った。唇には笑みさえ浮かんでいた。

「さっきの爆発の影響でこの扉はステーキが焼けそうなくらい熱くなってる。外の安全も確保できているとは限らないけど、ここに居続けるよりは生存率はあがるはず。どうする？」

格闘技男は彩子から二歩下がった。それが彼なりの了解の意思表示であったらしい。救急車のドライバーは彩子に扉の開け方を説明した。彩子は高温の扉を眉ひとつ動かさず開けると、今もなお気を失ったままの杏奈を担ごうとしたが、格闘技男がそれを止めた。

「悪かった。彼女は俺がフォローする」

「この子と顔見知り？」

「いや、今日初めて会った」

「そう。この子は私の大切なカードなの。絶対死なせないと約束して」

「ああ。分かった」

彩子は扉を大きく開けると、救急車のドライバーと杏奈を担いだ格闘技男は外に飛び出していった。彩子は周辺を確認する。トラックは進行方向を塞いでいた。ドライバーを確認するためにトラックの運転席を確認すると、彩子が予想した通り、運転手はこと切れていた。耳にコードレスイヤホンを着けているのが確認できた。思わずボーゼ社製でないかを確認したがこれは違っていた。

一瞬迷ったが彩子は自分が装着していたイヤホンマイクをはずして遺体からイヤホンを取り自分の耳にねじこんだ。数秒後だった。

「ボンジュール、彩子。元気そうじゃないか」

彩子は眉を顰《ひそ》め、すうっと呼吸を整えた。返事をしたところで今の自分の音声や映像を鬼塚が拾っているかどうかは分からないが、鬼塚に接触する機会を逃すのは得策ではない。

「おかげさまで元気。少しまたメンテナンスは必要だけど。あんたを追い詰めることを考えたらワクワクして早く回復できそう」

「ああ実に悪趣味だね。私を追い詰めることに興奮しているとは」

「偏りすぎた偏食にしか興味がない人に悪趣味と言われても説得力ゼロなんだけど」

乾いた笑い声が彩子の耳に響いた。その声は彩子にとっては不快でしかなく、イヤホンをはずして投げ捨てたいくらいだったが彩子はじっと耐えた。

「これから、君と交渉しようと考えていたのに、先に私の話に説得力がないと言われてしまったのは皮肉なものだね。だが、益々やる気がみなぎってきたよ」

「交渉？　とうとう自首して、すべての罪を告白する気になったってこと？」

「しばらく会わないうちに随分ユーモアのセンスに磨きがかかっているじゃないか。私になんの罪があると言うんだい？　交渉は君の周囲にいる人間の命の安全の保障をする代わりに、君が私の元に丸腰で来るという交換条件のことだ。どうだい？　君ひとりが犠牲になれば多くの命が救われるんだよ」

「おあいにくさま。私は自己犠牲とは無縁だからその条件には乗らないし、罪悪感とも無縁だから交渉の仕方が間違ってる。大体私の身体の一部があんたの食事になった後で、もっと人が死ぬことになるから私はあんたより先には絶対に死なない」

「君がこちらに来ると必ず私の食事になるというのはかなり早計ではないかな？　私の家族と呼べる人間は君ひとりだ。一緒に暮らしたいというのは当然の成り行きなのでは？」

彩子は地面に唾を吐いた。胸がむかむかしたからだ。

「私に肉親に対する情とかがないように、あんたにもそんなものはひとかけらもないはずだよ。私はあんたが母さんに……。実の母親に何をしたか一部始終を知ってる。あんたが知らないことも私は知ってるよ」

イヤホンの向こうから、ため息が聞こえた。

「彩子、矛盾しているね。肉親に対する情がないと言うくせにあの女を擁護《ようご》している。赤ん坊を平気で捨てる女だ。同情の余地はないだろう？」

「あんたを産んだ時の母さんの年齢。逆算くらいできるでしょう？　十四歳。この国でその年で出産して、正式な手続きを踏んで捨てているのは奇跡に近い。感謝してもいいくらいだよ。死産扱いでも中絶か、落書きだらけの公衆便所のクソまみれの汚い便器の上に産み捨てられてもおかしくない。そんな事件はこの日本で発覚しているだけでも山ほどあるんだから」

イヤホンの向こう側で沈黙が十秒続いた。彩子は珍しく焦った。本人が認めたくない図星を的確に突くと、大半の人間は怒る。そう教えてくれたのは本栖だった。この沈黙は怒りととらえてよいのか。沈黙ゆえに読めないが相手を怒らせているかもしれない可能性に彩子は焦りながらも覚えのない感情に捕らわれていた。それは興奮に近かった。

「彩子、交渉は決裂だね。残念だ。けれど、やはり君が私に一番近い存在だということを実感したよ。私をここまで失望させることができたのは君だけだ」

「あんたが少しでも私を不愉快に思えたなら嬉しいよ」

「君はすぐに後悔することになるよ」

鬼塚がそう言って数秒後。何かが爆発した。彩子は身をかがめながら素早く視線で爆発音の元をたどった。

人が火だるまになり、もつれた足で逃げまどいそして倒れた。背格好といた場所から、「死にたくない」と言っていた、あの離れ業をやってのけた救急車のドライバーだと分かった。

彩子は駆け寄ったが手遅れなのは明白だった。

「どういうつもり？」

彩子が叫ぶと鬼塚はさも愉快そうに笑った。

「警告ですよ。きっと近々君は私と会うことになる」

それきり、鬼塚が答えることは一切なかった。

彩子はイヤホンを投げ捨てると、あたりを見回した。探しものは見つからなかった。舌打ちをする。たとえアキレス腱を切られた左の足首がちぎれようとも杏奈は自分で担ぐべきだった。完全に見失ってしまった。恐らくこれも鬼塚の計画通りなのだろう。

その次に探したのは杏樹と河口だ。トラックの一番近くで中央分離帯にぶつかるように停止している車にかけよった。ふたりとも何かにぶつけたのか意識が不明瞭だった。

幸いにもドアは開いていた。

サイレンの音が近づいているので、きっと首都高の交通は制限されていることだろう。運転席のドアを開けると、エアバックに突っ伏している杏樹を引っ張り出した。

「杏樹！　大丈夫？　痛むところはない？」

「……。さ、いこ？」

「動ける？」

「たぶん大丈夫」

「あのトラックからなるべく離れないと」

杏樹はふらふらと歩きだした。

杏樹が逃げる姿を確認して、今度は助手席のドアを開けようとするがドアが変形していて開かない。運転席からどうにか河口の身体を引っ張り出した。

「河口さん？」

嫌な感触がして彩子が右手をひっこめると掌にべっとりと血がついていた。河口は頭から出血していた。脈はあるが呼びかけても返答はない。彩子は河口の肩を担いでその場から離れた。左足を引きずりながら河口を担ぐのは彩子でも骨が折れた。覆面から五十メートルほど離れることができた瞬間だった。

今まで聞いたすべての爆発音をかき集めてもまだ足りないような轟音《ごうおん》と共に大型トラックが爆発した。彩子の身体は河口の重みと爆風に耐え切れず、崩れ落ちそうになるのを何者かが支えた。

彩子がパッと顔を上げると目に入ったのは複雑そうな面持《おも》ちの庄司だった。

庄司は彩子が担いでいた河口を引き受けると、静かにこう言った。

「おまえが正しかった。俺は本栖にこだわりすぎていた。そして、西彩子、おまえにも」

庄司は部下を失い、多くの民間人に被害が及んだ悲しみに打ちひしがれているようだ。

「父さんと私にこだわるのは間違ってない。ただこだわり方を改めてくれる？　私を捜査本部に入れて。そして、とことん私を利用するといいよ。あの男が私を欲しがっているうちに」

「おまえを捜査本部に迎える。俺は絶対にこの悪魔を捕まえる！」

庄司の声には苦渋が滲んでいた。

彩子はとうとう、ここでジョーカーを使うことに決めた。

「ひとつ大きなヒントをあげるよ。悪魔は私の生物学上の兄なの」

「なんだと？」

庄司の目に生気が宿った。

「悪魔は母さんと私の目の前に現れる前から、悪魔だったから過去を遡《さかのぼ》ればしっぽを捕まえることができるかもしれない」

「どこかにまだ死体の山が眠っているというのか？」

「たぶんね」

庄司は舌打ちした。救急車が何台も来た。火だるまになったドライバーが最初に連れて行かれた。河口と杏樹も救急車で搬送された。彩子は救急車を拒否して、庄司が運転する覆面で病院に連れて行かれた。


死亡者は主犯の女と滝本、大型トラックのドライバーと火だるまになった救急車のドライバーの四名。重軽傷者は四十六名にも及んだこの事件は全国紙の一面に大きく報道された。その記事のすべてに彩子に関する記載はなかった。

それは彩子が捜査一課の協力者として正式に迎えられた証《あかし》でもあった。


新聞を五紙並べた男はどこにも西彩子の名前がないことにほくそ笑んだ。

「ようやくゲームをはじめられるね、彩子」

新聞に夢中になっていたが先生と呼ばれて男は優しく笑みを浮かべながら返事をした。この男が悪魔であることを知っているのは、彩子とこの男の正体を思い知らされたごく僅かな人間だけだった。

悪魔は完璧な子どもだった。愛らしく賢く、裕福な両親の元で大切に育てられた。もし、あの父親がもう少し下心を隠して彼を育てることができていたなら、自分はどうしていたかと考えることも今はほとんどない。自分が他の人間でないということはずっと分かっていたことだ。開花するのが早いか遅いか。その差だけだ。ならば早咲きのほうがいい。悔恨や憐憫とは生まれつき無縁だ。しかし、開花したころはまだ少年だった。

何か見落としはないか？

彩子はきっとそう考えるだろう。ならばそちらにも罠を仕掛けなければならない。

新聞に隅から隅まで目を走らせると、悪魔は柔らかに微笑んだ。

ファイル2

マンションの玄関を開けるとラヴェルの「水の戯《たわむ》れ」が聞こえた。どうやら彩子は山中湖で使っていたピアノよりもいいピアノを購入したようだ。少なくとも電子ピアノでもアップライトでもない。誰も見ていない場所で河口はグッとこぶしを握りガッツポーズを決めた。

これほどの腕前で、ピアノも食事と同じくらい関心がなかったり、誰かに勧められて主体性もなくただ弾いていたりするのはあまりにももったいないと思っていたのだ。

それはもちろん、河口の妹がピアニストを目指していたからだろう。

まだ十代だった妹はコンクールに出場する度、両親が付き添った。いつものお決まりの日常の中であの事故は起きたのだ。

河口の音楽好きは妹譲りだ。失ったものは大きかった。しかし、家族がいないお陰でこの捜査に憂いなく参加ができている。運命とは皮肉なものだ。もしも今妹が生きていて人質にとられてしまえば、自分も間違いなく吉田と同じことをした。

けれども、彩子は実の兄に命を狙われているという。

河口の想像や理解の範疇を超えている関係性だ。

河口はピアノの音を妨げぬようにそっとドアを開けた。あの広々と殺風景だったリビングにピアノが置かれている。彩子は相変わらず季節感も色気もないTシャツとハーフパンツで、ピアノを弾いていた。河口の怪我は頭から出血していたものの見た目よりも軽いものだった。彩子の左手の酷いやけどを見た時はもう二度と彩子はピアノが弾けないのではないのかと、河口は涙をこらえることができなかった。そんな河口に彩子は実にあっさりと十日で治ると言った。その話を河口はほとんど信じていなかったが、彩子の言った通り、火傷は十日で治り、こうして彩子がピアノを弾いていることに河口ホッとしている。左足にはまだ包帯がまかれていた。アキレス腱を切られた足を麻酔なしで意識もはっきりした状態で手術をしたという。そのほうが安心できると淡々と言った彩子に河口の胸は痛んだ。

本栖は死んではいけない人だった。河口はそう痛感している。庄司の言う意味合いでももちろんだが、西彩子をあれほどきっぱりと潔く人間らしい方向へ導けるのは本栖でなくては無理なのではないかと思う。

ことあるごとに彩子は自分をモンスターだと言ってしまう。そのことに、河口は心を痛めていた。いつか、彼女は自分の中の怪物に飲み込まれはしないだろうか。

ピアノの音が止んだ。彩子はふうっと大きく息を吐いてから､河口を振り返る。河口の顔は爛々《らんらん》と輝いていた。彩子は少し呆れた。本栖なら不謹慎だと言いかねない。

「良いピアノですね」

「ジョゼからの贈り物よ」

贈り物と聞いて河口は思わずうっとりするようなフォルムをした黒く輝くグランドピアノに目を走らせた。スタインウェイ&サンズのグランドピアノを贈れる人物など想像もつかない。

「ジョゼ?」

「フランス語のレッスンを覚えていない?」

「あ、あのフランス人の男性?」

「そう。ジョゼは私の脳の購入者でもある。フランスの大農場のオーナーで大富豪。持っているものを正しくも使える人ではあるけど、彼の一番酷い趣味が……」

「シリアルキラーのグルーピーですか」

「そう。ジョゼのコレクションルームにはあのジョン・ウェイン・ゲイシーが描いたピエロの絵も飾られているみたいよ」

「そのコレクションルームに彩子さんの脳を飾るつもりなんですか?」

河口の語尾は尖っていた。彩子は微笑む。

「私が死んだらもちろんコレクションルームの一番いい場所に私の脳を飾ると思う。でも、ジョゼにしたらそれは一番つまらない結末。ジョゼは一番近いところで私を観戦したいの。最高の高値で競り落とした特権ってわけ。まあたったひとつしかないスペシャルシートってとこかな」

河口の表情は硬いままだった。

「それじゃあ、彩子さんは彼をずっと楽しませ続けなければいけないのでは？」

彩子はわざととてもスローなテンポでブラームスのハンガリー舞曲第五番を一節弾いてみせた。どういうつもりなのか分からず河口は面食らう。

「いつも察しがいいのにこういうところは察してくれないんだね。正解のブザーを鳴らしたつもりだったのに」

河口は苦笑した。

「彼とあなたはとても危険な関係だ」

「その通りかもしれない。でもジョゼほどハイリターンで見返りをくれる人はなかなかいないし、気も利いてる。私はこのピアノはとても気に入った。ところで、例の太陽と目のマークのこと、何か分かった？」

「意外なことが分かりました。彩子さんは『悟りの園』という宗教団体をご存知ですか？」

「名前なら聞いたことある。昭和初期くらいからある新興宗教でしょ？」

「特に危険な思想はなく、霊感商法などはしていない宗教団体だと認識していたんですが、三年前に前任の指導者が亡くなり、今はその長男が指導者になってそれからこのシンボルを使っているらしいんです」

「引継ぎのためのキャンペーングッズってとこかな」

「このマークに関してはそうかもしれません。鬼塚がこの宗教団体に関わる人間を狙った理由がまだ分からないんです」

「ここはね、たぶん鬼塚の牧場だね」

「牧場？」

「人間牧場」

河口は思わずゾッとした。

「あいつの特殊な美食を満たすためには閉鎖的な環境がうってつけなの。それを考えると新興宗教は願ってもない条件を揃えてる。大勢の人間がいれば選択肢は増えるし、信者じゃなきゃ内部には入れないから簡単に証拠が漏れることもない。教祖だとか指導者だとかを手駒に入れることができたら、やりたい放題できるでしょ？」

河口は首を捻った。

「いくら、代替わりして間もないと言っても、今まで悟りの園は当たり障りのない活動をしていました。指導者と鬼塚に接点があるようには思えません。人間牧場だという根拠は薄くないですか？」

「接点なんてないなら作ればいいだけだよ。ボールペンを拾わせるだけで、あの男は他人の家の寝室まであっという間に入り込めると思うし」

河口は本栖が初めて会った時にボールペンの話をしていたのを思い出した。

「しかし、仮にも新興宗教の指導者ならカリスマ性があって取り込まれにくいのでは？」

「そこが逆に狙い目だったんじゃない？　あの男は難しいほうが面白いとしか思ってないよ。ねえ、河口さん、犠牲者は今見つかっている人だけじゃないんだよ？　あの男は母さんが捕まった後どうしていたと思う？　ほとぼりが冷めるまでずっと大人しくしていたと思う？　あの男のたったひとつしかないおぞましくて強い欲望を抑え続けていたと思う？」

「…………いいえ」

「今までにも露見していない、事件になっていないことがあると思う。私を誘き寄せるために今回こんなにも目立つ事件を起こしているのは、大物を顧客に迎え入れているかもしれない」

「顧客？」

「鬼塚は臓器を売買していると思う。トラックが爆発する前、私のアキレス腱を切った男にカマをかけたらほとんど白状していたから間違いないよ。美食だけだともったいないと思うのが当然の成り行きだよ。莫大な資金源にもなるし」

「臓器を買った顧客。大物と言うと暴力団関係者とかでしょうか？」

「そういう顧客もいるだろうけど、それより注意すべきは大臣とか党首クラスの政治家が怖いよね」

「政治家？　政治家が臓器を買ってるって言うんですか？」

「まあ、あくまでも仮説だけど、私ならそうするから。そういう人たちのほうが秘密を守るためにやっきになるでしょう？」

ことともなげに言う彩子の代わりに河口の胸が痛んだ。

「分かりました。悟りの園の周辺に鬼塚の存在が確認できるか調べます」

「それから、調べて欲しいって頼んでたあの家のこと、何か分かった？」

「持ち主の特定を急いでいます。あの家、なんだかとても不思議なんですよ」

あの家とは鬼塚がかつて養父母と住んでいた家だ。彩子は兄の養父母の名前まではたどりついていたが、そこから先は不明だった。どうやら養父母は行方不明のようで、更にはいつから行方不明なのかもよく分からないようだった。

「あの周辺は鬼塚家の土地なんですが、あそこだけ持ち主が別の人間なんです。そして、その持ち主の所在がなかなかつかめません」

「そこから手をつけるのが一番早いかもね。絶対に何かある」

何が出てくるのかを想像しただけで河口は憂鬱になった。

けれど、何も出てこないのも困るのだ。

「確かに、もしも、悟りの園で事件が起きたとしても鬼塚にたどりつくのはなかなか難しい気がします」

「まず最初に捕まるのは指導者になるくらいの仕掛けは用意してあると考えるのが妥当じゃないかな」

「そもそも、いったい何をすれば指導者を手駒にできるんですかね？」

「もちろん手はじめは脅迫だろうね」

「脅迫？　何を脅迫材料にするんですか？」

「カルトにつきものなのが子どもの虐待と性的虐待と搾取だから、このへんを指導者自ら率先してやっていたとしたら、楽勝だよね。後は……」

「ちょっと！　彩子！　どういうこと？」

彩子はまだ何かを言おうとしていたが、リビングに乱入してきた杏樹に遮られた。杏樹は怒っているようで、興奮した顔は赤く、目は血走っていた。興奮する杏樹を見ても彩子はいたって普通に返事をした。

「どういうことって何が？　防犯カメラの映像の読み込みもう終わったの？」

「彩子、ひとことも言わなかったじゃない！　あそこに杏奈がいたなんて」

興奮している杏樹に対し彩子は冷静そのものだった。河口も杏樹の妹杏奈があの現場にいたというのを聞くのは初耳だった。彩子はため息をついた。

「防犯カメラに映ってた？　映っててもほんの一瞬くらいだろうと思ってたのに」

「一瞬？　あのトラックから出て杏奈は男と逃げてた。どうして？　あの子に私のこと話す暇くらいあったでしょ？」

彩子はしみじみと杏樹の顔を見た。本当のことを言っても信じてもらえないだろうし、嘘をついても通用しないように思えた。彩子はつとめてゆっくりとこう言った。

「確信がなかったから言いたくなかった」

「私が彩子に協力しているのは報酬のため、杏奈と一緒に暮らすためだって分かってるでしょう？　どうしてこんな大事なことを教えてくれないの？」

彩子は再び深々とため息をついた。

「こうなることが予想できたから言わなかった。あの現場に杏樹の妹がいるってどういうことだか分かる？　悪魔に洗脳されているってことだよ」

「洗脳？　洗脳って解けないの？」

「解く方法はあるだろうけどそんなに簡単じゃない。だいたい、もし、今のあの子がここにいたらすべてが悪魔に筒抜けになる」

「でも、杏奈が悪魔の近くにいるとしたら、あのイヤホン女みたいに自爆テロをさせられる可能性だってあるでしょ？」

「可能性はゼロではないけど限りなく低いと思う」

「危険なことに変わりはないじゃない！」

杏樹は肩をいからせ、爪を噛みながらその場を苛立たしげに歩き回った。

「落ち着いて？」

「落ち着いていられるわけないでしょ！　こんなこと秘密にされて彩子のこと信じられないよ！」

彩子は頷いた。

「信じなくてもいい。私は事実と可能性の話を並べることしかできないし、生き延びたいなら私に従ってもらうしかない」

長い黒髪がボサボサになるのも構わず杏樹は頭を掻きむしった。

「ムカつく！　ムカつきすぎて気が狂いそう！」

「杏樹のことは私が守るから」

杏樹はキッと彩子を睨みつけた。

「私も杏奈も守って。絶対に！　じゃなきゃもう一秒だって防犯カメラの映像見ないんだから！」

杏樹はそう言うとキッチンに向かい、冷蔵庫からバケツのような大きな容器に入ったアイスクリームを取り出すと、怒りに任せて大きな音を立てて扉を閉めた。そして、鼻息荒く自分にあてがわれている部屋に戻った。

あれをひとりで全部食べてしまうのだろうか？　河口は違った意味で背筋がぞくっとした。杏樹は散々悪態をついたが、それでもきっとアイスクリームを食べながら防犯カメラの映像を記憶するに違いないのだ。あのアイスクリームは杏樹のガソリンに違いない。

「杏樹さんの妹が現場にいたことは僕も初耳でした。こんな大事なことを黙っていたなんて、杏樹さんが怒るのも無理はないです」

彩子は片方の眉毛を上げた。

「あの悪魔が杏奈を手中に入れておきたい理由を考えてみて？」

河口はハッとした。

「まさか杏樹さんを？」

「そう考えないとありえない偶然だよ。この世の中にどれだけの数の人間がいると思う？　探していた人間が向こうからやってくるなんてありえない」

「探してはいたんですね？　杏奈さんを」

「杏樹に報酬をきっちり払うつもりだったからね。それに、こんな事態も少しは予想できたから、早く見つけたかった。でも、杏奈は杏樹と同じように住所不定な時期があって、なかなか見つからなかった。杏樹との約束の期日までにはどうにかするつもりだったけど、今回は私の痛恨のミス。あの男にとっても杏樹は魅力的なカードに見えることを考えなかった」

河口は首を振った。

「彩子さんと杏樹さんが医療少年院にいたころのことも鬼塚は把握していたということですか。そこまでは予想できません。彩子さんに対する執着の強さがうかがえますね。想定以上のことがこれからも起きることを考えないと」

「まず、杏奈が誰のことを『先生』と呼んでいるかが知りたいな。八割くらいは鬼塚だろうけど、残りの二割くらいは指導者のほうかもしれないから」

「分かりました。鬼塚の居場所は特定できていないので、悟りの園から当たってみます……」

河口は不意に押し黙り、何かを考えた。

「何？　どうかした？」

「指導者を脅迫する材料、子どもの虐待や性的虐待や搾取と、あと何か他にもあるって言いませんでした？」

「ああ。あいつが思いつきそうな一番酷い方法は、ディナーに招待することだと思う」

「ディナー？」

「悪魔の手料理を振舞って、それを食べたことを責めるの。そうやって、精神的な揺さぶりをかけるのが一番酷くて簡単な方法」

「悪魔の手料理……。そんな……」

ようやく彩子の言いたいことが分かった河口の顔色は漆喰で塗られた壁のように真っ白になった。

「まさか、そんなことが……」

「なければいいと思うけど、可能性はある。知らなかったとはいえ自分がカニバリズムの世界に落とされていたと知ったら、河口さんならどうする？　とても冷静でなんていられないだろうし、洗脳に身を任せてしまいたくなるかもしれないよ？」

河口は自分の手が冷たくなっていくのを感じた。とんでもないものと戦っている実感が改めて湧いてくると同時に、初めて彩子が「怪物」であることに感謝した。

クラシカルで重厚な雰囲気のダイニングルームの主役はマホガニーの漆黒のダイニングテーブルだ。食事をする空間にはこだわりたかった。なにしろ手間暇かけて調理するのだから当然だと言える。

ラフマニノフのピアノ協奏曲第三番をうっとりと聴き入りながらナイフとフォークを動かす。ピアノを弾かない人間にはおおよそ理解できないことだが、セルゲイ・ラフマニノフは手の大きな男であったため彼の作品は難しい運指や和音が多く存在するという。

六指ある彩子なら楽々とこなせるものなのだろうか。彩子がピアノを演奏しているところを実際に見たことはない。

音楽に合わせてナイフとフォークを動かすたびに、自分の正面に座らせた男が痙攣《けいれん》したかのように、びくりと身体を動かす。じっとこちらの様子をただうかがう卑小な奴隷の目。

何年前だったろうか、この男とこのテーブルで食事をしたのは。後継者として有望視されるに十分すぎる人間だった。清廉潔白、公明正大、頭脳明晰、謹厳実直。そんな言葉がぴったりの朗らかな男だった。

この男に狙いを定めたのも、それが理由だった。

正直で真面目な人間ほど大きく踏みはずしてくれる。そして、こちらの思う通りに転がってくれるのだ。

この男には暴いて楽しい秘密がひとつもなかった。秘密や嘘やごまかしがない時はどうするのか。そういう時はもちろん、こちらからそれを提供するのだ。

どうやってこの男を転がしたかを思い出すと鬼塚は愉快になった。そして、大きめに切り分けた一切れを豪快に口に入れて、わざと音を立てて咀嚼する。そうすると奴隷は小刻みに震えるのだ。

忍野慶次《おしのけいじ》は一回りも年下のこの恐ろしい男の一挙手一投足にびくびくと震えるのを止めることができない。最初にこの男に会ったのは五年前だった。熱心な信者のひとりから自分の甥だと紹介されたのだ。今ならそれが真っ赤な嘘だと分かるが当時は気にも留めなかった。医者の卵だと聞かされていた。将来有望で知的で何よりもどこかハッとする魅力をもった若者だった。こういう、目を引く男が自分が指導者になった時に幹部にいてくれたら人も集まるだろうという呑気な展望からこの男が近づくのを遮らなかった。

博学で多趣味なこの男と個人的に付き合うようになるのは自然の成り行きだった。

忍野はこのテーブルでこの男から料理を振舞われた時のことを幾度となく思い出す。そして自分が取り返すことのできない罪を犯してしまったこと。自分があれをとても美味しく食してしまったことを何度も思い出してはこの男の言いなりになる。

もう幾度あれとは違う罪を重ねているか分からない。けれども、殺人のほうがよほどましに思えてしまう。

忍野は自虐的に何度もどこからだったらやり直せるのか考えるのだが、この男に狙われた時点でおしまいだったのだ、ということを思い知るだけだった。

鬼塚はナプキンで口を拭い赤ワインを飲んだ。赤い血を連想させられて忍野の気分はどんどん悪くなっていく。あの日から食べ物を味わおうという気持ちが一切なくなったせいで、食事はろくに喉を通らず、鏡を覗いて映る自分の顔の頬はこけ、皺も増え、かつての自分とは別人のようだった。

今となってはあの時食べたものが本当に他の動物の肉ではなかったのかも定かではない。けれど、深く考える隙を一切与えられず、数々の悪事に加担してしまった。

鬼塚は空いたグラスにワインを注いだ。皿の上の料理は空になっていた。きっとこれから、命令が下されると忍野は身構えた。

「そろそろ、杏奈を仕込んでおいてもらいたかったのだが、まだのようだね？　急いでもらいたい」

「杏奈はまだ当分いいと先日おっしゃっていたと思うのですが」

「状況が変わったのだ。思ったより彩子は優秀らしい。けれど愚かなことだ。警察の手足となって働こうとするとは。こうなると早く杏奈を仕込んで、揺さぶりをかけたいものだからね。杏奈が身籠《みごも》れば彩子の周囲も慌てるだろう。実に愉快じゃないか」

「あの子はそう簡単には、仕込めません。あの子は幾度となく性的虐待に遭ってきた。私のことでさえ、男だというだけで恐れていた時間がかなり長い。教団内で何か起きれば、彼女はここから逃げ出すに違いありません」

「そうか。それなら君の身内から誰かひとり選んでもらっても構わないんだ。そうだなあ。君の娘はやめておこうと思っていたんだが」

忍野の身体はガタガタと震えた。

「お願いだから、私の家族だけは標的にしないでくれ」

鬼塚はナイフを投げた。刃先は忍野の頬をかすり赤い線が引かれる。

「ヒッ！」

「それが、人にものを頼む時の態度かな？」

忍野は座っていたダイニングチェアから力なく下りるとその場に叩頭する。

「申し訳ございません。お願いします。どうか、私の家族だけはお許しください」

忍野の声は震えていた。鬼塚は忍野を見下ろした。そろそろこの男は使いものにならなくなってきている、次の段階に駒をすすめるべきかもしれない。この男が非行に走りがちな貧困層の少年少女に向けていた活動に目をつけ、牧場を作ったのだが、それも限界が見えはじめている。

この男のカリスマ性に影が落ちているからだ。絶対的に信じたい存在を作ってやらなければならないというのに、この怯えを隠しきれていないし、隠そうという意欲すらない。

この男の活動のお陰で、彩子が今一番欲しがりそうなものが手中にあるわけだが。杏奈を教団内に呼び込むのは実に簡単だった。

「今回は私の手駒は使わない。君が自ら杏奈を仕込みなさい」

「……はい……」

忍野は鉛のように重くなった身体でどうにか立ち上がると、深々とお辞儀をしてダイニングルームから退室していった。鈍くなっている頭の中をフル回転させて家族を救う方法を検索するが見つからない。忍野の資産は鬼塚に押さえられている。しかも、自分の父親がよりによってこの男を養子にしている。鬼塚を養子にした後、すぐに父親は亡くなった。

父親の死が本当に病死だったかも分からない。怪しいものだ。しかし、鬼塚は家族なのだ。家族の特権を使って自分たちをどうにでもできる。それが、本当の狙いだったことを床に頭をこすりつけるようになってから忍野は知った。

忍野が鬼塚の家から去ると、鬼塚はラフマニノフの音量を少し上げて、地下室へ向かった。重たく厳重なその扉は彩子が住んでいた山中湖の別荘の扉に似ていた。

扉の暗証番号を押すと短く電子音が鳴る。ゆっくりドアを開けると、照明をつけた。床も壁も真っ白な手術室が現れる。滅菌をするための器具や保存液やクーラーボックスなどは視界にうるさいが、ビジネスのためには必要だから仕方がないと割り切った。本当は真っ白な上下が分からなくなりそうな天国のような四角い空間でよく研ぎ澄まされたメスを一本もち、ゆっくりと取り掛かりたいものだが、警視庁のデータベースからピックアップをしたふさわしい前科のある人間を手駒にするには金もいる。忍野の資産は莫大で自由に使えるが、せっかく、大きな需要があるのだ。いまや上客が上客を呼び、生きるためなら他人の命を奪うことに躊躇いのない金や地位を持った人間が弱みを握られるのを覚悟して、頭を下げに来る。それは鬼塚にとって愉快なことだった。そして、確実に保身のためにもなる。

手術台の上には裸で拘束された女がいた。

彼女の目は真っ赤に充血し、恐怖に怯え、いきなり灯りがついた眩しさも苦にせず見開かれていた。頬には涙の跡が幾筋も通っている。拘束されている手首と足首は余程暴れたのか血だらけだった。

鬼塚は閉じた扉の向こうから大音量にしたラフマニノフが聞こえないことを確認すると、女の猿轡《さるぐつわ》をはずしてやった。

連れて来た時は噛みつかんばかりの活きの良さだったが、今は呼吸も浅く、大声も出さない。女は点滴とカテーテルをされて二日もここに放置されていた。逃げるためにできることはすべて試したはずだ。うまく手足の拘束が解けたとしても、あの扉は金庫の扉のように重い。あらんかぎりの方法をためしても出られないだろう。そして、時間が経てば女の頭の中で膨らみあがった恐怖が彼女自身を静かにさせてしまうのだ。

「お願い……。お願いします……。誰にも……。誰にも言いませんから」

か細く震えた声は鬼塚の鼓膜にようやく届くほど小さい。命乞いを聞きながら鬼塚は淡々と用意する。臓器を分けるための手術用のトレイをいくつも並べていく。メスといらなくなった四肢を切り離すための斧とのこぎり。頭蓋骨を切り離すためのドリルを順序に合わせて並べていく。道具が並ぶ音が金属製の可動式の作業台に響く度に「ヒッ」と空気が漏れたような小さな悲鳴が聞こえた。

準備が整い、鬼塚は手袋をはめてメスを握った。この女はどれくらいもつだろうか。少しでも長く楽しみたいものだ。

鎖骨の下から一気に素早くメスを滑らせた。

女の悲鳴が白い部屋に響き渡る。大抵は失血死までたどり着かない。痛みか、もしくは心因性のショックで死んでしまう。

絶命していく瞳を見るのが鬼塚にとって最高の瞬間のひとつだ。

この部屋に入って生きて帰れたのは忍野ただひとりだ。

食材の抜け殻を見た忍野は、この部屋で食べたばかりの鬼塚がふるまった料理を床にぶちまけた。神聖な場所を汚されて思わずあの男の頭を斧でかち割りたくなったが、泣きながら床を掃除する惨めな忍野の姿を見ることでどうにかこらえることができた。聞き分けのない幼児のようにいつまでも言いつけた作業が終わらなかったが、たっぷりと秘密を分け与えてやった後の忍野は今までの誰よりも扱いやすかった。

楽しい思い出に浸りながら、鬼塚は切り分けていく。

この瞬間と自分で手に入れた食材を調理し、食べる時だけが鬼塚の気持ちを高揚させ、満足させるのだ。

鬼塚は人生とはなんと味気ないものなのか、と幼いころから絶望していたが、かつて養母の腹を切り裂いた時に、初めて自分の五感のすべてはこれを味わうためだけに存在したのだと感動したのだ。

鬼塚は女にも男にも性的な欲望を持たない。

それ故に、牧場を作る時には自分以外の人間が必要だったのだ。

彩子を捕えるのはかなりの難題のようだ。力技で彩子に敵うものはなかなかいないことが今回の作戦で明確になったし、よい持ち駒も大量に失ってしまった。

いずれ教団にも警察の手が延びることは間違いない。けれど、鬼塚は自分が何も失わないことをよく知っていた。尻尾は伸びすぎたら切って身軽になりさえすればいいだけなのだ。髪を切るよりも造作もないことだ。

彩子は鬼塚が育った家を見に行くことにした。彩子は一度も母である西玲子から彩子に兄がいるとは聞いていない。ただ、ある日突然母の周りをうろつくようになった青年から兄だと言われ不穏なものは感じていた。

彩子は母の家族のこともよく知らなかった。母からは何も聞いていない。むしろ新聞とゴシップが玲子の両親や兄弟のことを教えてくれていた。

玲子が十代で出産していることと、彩子を未婚で産んだこと、このふたつから彩子はある仮説を立てていた。それは鬼塚と自分の父親が同一人物なのではないかというものだ。

彩子の父親についてだけを考えると玲子が既に成人だったことを考慮すると該当人物の分母が多くなってしまうが、鬼塚の父親と考えるとぐっと少なくなる。

玲子が十四歳で妊娠出産し、鬼塚を養子に出していたことを考えると、玲子にとても近い人間が玲子を長期的に性的虐待していた可能性が高いのだ。

玲子の父親は玲子が十歳の時に病死しており、玲子の兄弟は姉がひとりに当時はまだ幼かった弟がひとりのようなのでまずここが消去法で消える。

もしかしたら、鬼塚の家に何かヒントが残されているかもしれない。

そして、一番いいのはこの家から遺体が見つかることだ。それを足掛かりに鬼塚を塀の中に入れてしまえる。

「捜査令状がないと不法侵入になる」

庄司は仏頂面で彩子にそう言った。本当は河口がついてくる予定だったのだが、証拠保全には絶対に立ち会うと庄司が言いだしたのだ。

「自分でついてくるって言ったのにその態度ってどうなの？　大丈夫。持ち主と言ってよさそうな人と、ようやく話がついたところだから」

鬼塚の養父母は十年以上前から消息がはっきりしていない。それは鬼塚を含む三人に捜索願が出されていないからだ。鬼塚本人もさることながら、その養父母である征史郎《せいしろう》と富貴子《ふきこ》のふたりを誰も探そうとしていないのだ。あたり一帯が「鬼塚家」の土地であるにもかかわらず十年以上この立派な門構えの家は放置されている。

彩子からこの家、この家族の話を聞かされた庄司は、長年の経験からその不気味さに手ごわさを覚えた。人が捜していないものをこちらから捜し出そうとすれば、必ず邪魔が入るだろう。証拠を握り潰される可能性がある。河口だけでは頼りないと考えたのだ。

鬼塚が育った家は横浜市にあった。遡ることが可能な資料によると少なくとも征史郎の曽祖父の代から医者をしている者が多い家系のようでそれなりに裕福であったようだ。このあたり一帯は鬼塚家の土地建物が多い。

「この家の持ち主は鬼塚家の親戚じゃないのか？」

「親戚だったらアウトでしょ？　一家がまるごといなくなっているのに探していないんだよ？　捜査に協力するはずないし、家を燃やしてでも証拠を隠滅すると思う」

「むしろ、どうして今まで燃やされていなかったんだ？」

「寝た子を起こしたくなかったんじゃない？」

「なぜそこまでして、いったい何をなかったことにしたいんだ？」

「そのヒントがこの中にあると思うんだけど」

ぐるりと囲まれた白いコンクリートの塀をつたって門扉までたどり着くと、正面で待っている女がいた。

四十半ばから五十半ばくらいの歳だろうか。ダークグレーのコートを着て腕組みをし、不安そうな表情を浮かべている。彩子は声をかける。

「こんにちは。藤山貴和子《ふじやまきわこ》さんですか？」

「はい……」

「ご協力ありがとうございます。こちらは捜査一課の刑事の庄司正さん。詳しくは中に入ってからにしましょうか」

「あの……。本当にここが私の名義になっているんでしょうか？」

「はい」

「身に覚えがないんですけど……」

「藤山さんのお姉さんは鬼塚富貴子さんですよね？　それだけで十分だと思いますけど？」

「姉がここを私に譲る意味が分かりません。それに姉が独断で私に譲れるとも思えないんです」

「これは富貴子さんからの藤山さんへのメッセージだと思います」

「それはもしかして姉は死んでしまったということですか？」

「どうしてそう思うんですか？」

彩子は背負っていたバックパックからボルトクリッパーを取り出して門に巻き付けてあった鎖を切断しながら尋ねた。

「姉一家は海外に行ったと鬼塚の本家の人間に言われたんですけど。私も両親もどこに行ったのか連絡先さえ教えてもらえなかったんです。私のほうで姉夫婦に連絡を取りたくない事情もあったのでそのままになっていました。生きているか死んでいるかも分からないんです」

「お姉さん一家とあなたとご両親は不仲だったということですか？」

「はい」

「その理由は鬼塚征史郎ですか？」

「……」

藤山貴和子の顔色は今にも倒れそうなほど真っ青だった。なんの話をしているのか見えていない庄司は彩子が藤山の何に触れているのかさっぱり分からなかったが彩子の後に夢遊病のようにふらふらとついていく藤山の後を追った。

門から玄関までは長年放置されていたため庭木が伸び放題で雑草が生い茂っていた。玄関に至ってはイングリッシュアイビーに覆われていてドアノブも見つからないくらいだった。

彩子は大きなバックパックから、今度は鎌を取り出してはびこる蔦をためらうことなく切り落としていった。

「随分用意周到だな」

庄司が妙に感心していると、彩子はふんと鼻をならした。

「Ｇｏｏｇｌｅ ｍａｐで周辺を確認しといたの。今日を逃すともう難しいから。藤山さん、ここはあなたの物件です。開けても構いませんか？」

藤山は力なく頷いた。彩子は玄関のドアを今度は斧でぶち破った。

どうにかこじ開けた玄関に光が広がると、ほこりが踊っているのが目にちかちかした。

扉の大きさから想像していたよりも広い玄関で靴を脱ぐことなく進んでいく。リビングらしき部屋を見つけて、彩子はカーテンと窓を開けた。

リビングに飾られていた写真を手に取る。そして、藤山に確認した。

「この写真に写っているのがお姉さんと征史郎氏ですね？」

「……。はい」

「どうして、お姉さん夫婦と藤山さんが不仲なのか教えていただけますか？」

「あの男は鬼畜です。ひとでなし。品行方正の皮を被っただけだものです」

藤山はわなわなと唇を震わせて怒りを露わにした。まるでついさっき辱めを受けたようにも、積年の恨みが爆発したようにも見えた。

「言いたくないことは訊きません。でも簡単に教えていただけませんか？　不仲の理由を」

彩子の質問に藤山はしばらく黙った。そして、ゆっくり大きく深呼吸をした。記憶の蓋を開けすぎて自分が傷つかないように、けれども確かな事実を彩子に伝えるために言葉を選んでいるようだった。

「私はあの男の子どもを十代の時に中絶しました。私の最初の縁談はそれが理由で破談になったんです」

「そんなことになったのに、お姉さんは、どうして離婚しなかったんですか？」

「私を信じなかったのかもしれません。私にはそれがとても辛かった」

「でも、ご両親はお姉さんではなく、あなたを信じたんですよね？　それはどうして？」

「両親はもともとあの男に妙な噂があるのを心配していました。それに、遠縁の子どもを姉夫婦が養子にした時に不審に思っていたこともあって、私の言い分を信じてくれたんです」

庄司はパズルのピースを集めるようにふたりの会話を聞いていたが、まだピースは沢山欠けていて、しっかりとした絵にならない。彩子は藤山から訊くべきことは訊いたと言わんばかりにこう言った。

「もし、ここにいるのが嫌なら外で待っていてください。とても嫌なものを見てしまうかもしれないし」

藤山にはこの家の近くの喫茶店で待機してもらうことになった。彩子は家族の写真が貼ってあるアルバムを見つけるとパラパラとめくった。

「やっぱり。似てるね」

「何がだ？」

いまひとつ彩子と藤山のやり取りの意味が分からなかった庄司はイライラしながら尋ねた。

「養子に入ったなら、養父母とは血縁関係がないのが当然。でしょ？　でもほら見て？」

彩子は鬼塚征史郎の写真をパラパラと見せてから、今度は鬼塚の写真を何枚か見せた。

「確かに似ている」

何枚も枚数を重ねれば重ねるほどに、眉毛や鼻の形。輪郭など、ふたりの共通点がより多く見えてきた。

「鬼塚は征史郎の実子の可能性が高そう。そうすると征四郎は私の実父の可能性もある。妻の妹をレイプするような性犯罪者が父親だとしたら、私、今度は誰から石を投げられるんだろうね」

「石を投げられたことがあるのか？」

「あるよ。打ちどころが悪くて死にかけた。現代のエリザベート・バートリの娘は何をされても仕方がないみたい。でもそれってどうなの？　っていつも思ってた。私は母さんが人殺しなんかじゃないと知っているけど、鬼塚は私の兄だから結局身内にシリアルキラーがいる事実は変わらない。私も鬼塚に人生をめちゃめちゃにされているのにその上、見ず知らずの被害者の関係者や、関係ない人間に石を投げられたり罵詈雑言《ばりぞうごん》を浴びせられたり、生活を脅かされたりするのをどうして私は許さなきゃいけないの？　許せるはずがない。海外だと加害者家族は普通に顔を出してインタビューに応じたり犯人のひととなりをしゃべったりしてる。この国で私がそんなことしたら殺されそう。この差がどうしても納得がいかない」

庄司は彩子が抱いている苦悩にたじろいだ。自分もこの少女に石を投げていたのではないだろうか。自分自身の正義の名の元に。

「被害者も加害者も事件後同じ生活は続けらないことは確かだな」

「私は自分が幸せになるのが許されない今の状況を絶対許さない」

あっさりとした口調だったがきっぱりとした彩子の主張に庄司は初めてこの少女に人間らしさを感じていた。いつも油断ならない、本栖の命を奪った存在と認識していた。けれども、この少女の性質を考慮しても彼女の人生が険しいという事実は変わらない。

かといってすぐに考えや態度を軟化することができる庄司でもないのだが。

「この家の人物相関図を書くのはこれくらいにして、そろそろ探さないと。庄司さんは大丈夫だよね？」

「何がだ？」

「遺体がでてきても大丈夫かってこと。まあ、白骨化してるか、ミイラ化してるかだからまだましって言えばましか。河口さんは父さんを見つけた時、吐いてたから。あれは証拠保全としては最悪でしょ」

「俺は大抵のものは見慣れてる」

「ふうん。頼もしいね」

彩子はリビングを見渡したが、どこにも血痕は見当たらなかったので、まず、バスルームに向かった。砂のような細かな埃が膜を作っていたが、ここも惨劇の気配はしない。

そこで、今度はキッチンに向かった。嫌な予感がしたが、ゆっくりと冷蔵庫を開けた。しかし、強烈な悪臭に見舞われて扉を閉めた。

「ここに証拠があると思うけど、私が吐いちゃいそうだから後回し」

振り返るとマスクをした庄司にマスクを渡されたが彩子は首を振った。

「ここは絶対後回し。もっと私でも見た目で分かるようなものが見つかるはずだから」

庄司はしかたなく頷いた。

彩子はキッチンの床下収納を開けた。扉自体は軽く開いたが、床下が見えて拍子抜けした。

「キッチンには何もないってことかな」

「いや違う。このタイプの床下収納は四方向に収納箱が入っている」

庄司は床下収納の蓋の裏についていた金属製の棒をはずし、中を覗いて右側から引っ張った。その中には貯蔵用の大きな瓶が入っていた。次に左側を引っ張ろうとすると、重くてなかなか動かない。彩子も手伝いふたりがかりで引っ張ると収納箱一杯に何かが入っていた。

庄司は絶句し、彩子は深くため息をついた。

「俺は天国も地獄も信じないが、こんなことやれるやつと、あの世で行先が同じってのは理不尽な話だ」

「うん。言いたいことはなんとなく分かる」

箱一杯に詰められるように切断され、押し寿司のように詰めたとしか思えない人間だったもの。一番上に顔が上を向くように置かれていたのは白骨化した頭蓋骨だった。

「すぐに応援と鑑識を呼ぶ」

「そうして。その間にもうひとつ探さなければいけないものがあるから」

「まだ残りのふたつの収納を見ていない」

「そうだね。でも、たぶん、もうひとりはここじゃない気がする」

実際に残りのふたつは災害時用の持ち出し袋と古い食器が入っていた。彩子は二階に上がり、夫婦の寝室を見つけて開けた。そこにはベッドで仰向けになっている、こちらも白骨の遺体が見つかった。

彩子は首を捻った。

「どうした？　何か気になるのか？」

「寝室にある遺体がたぶん女性でしょう？　それがなんとなく意外だっただけ。鬼塚は女ばかり狙うから女のほうをもっと切り刻むと思っていたのに。鬼塚にとって本当に憎かったのは養父ということ？　もしかすると、鬼塚はここでの犯行の一切を覚えていないのかもしれない。この家には証拠があまりにも残りすぎてる。こんなに雑なら、本人のＤＮＡも見つかるだろうし、鬼塚の意図が見えてこない。庄司さん、どういうことだと思う？」

「露見させたいのかもな」

「事件を？」

「家族がまるごといなくなっても放置する一族全体が困るのを見たいのかもな」

「私には想像がつかなかったから、これは人間の領域ってこと？」

「ここで、人間から悪魔になったんだろう」

彩子は家の中を色々と物色しながらブツブツ呟き、考えをまとめているようだった。庄司はそんな様子を時折うかがいながら、サイレンの音が聞こえるのを待った。


パトカーや警察車両が押し寄せたその一台に河口は乗り合わせてきた。河口の顔は真っ青だった。

「彩子さん、大変です」

「何？」

「杏樹さんがいなくなりました」

「あれほど見張っててって言ったのに、逃げられちゃったんだ？」

「杏樹さんのスマートフォンにメッセージが来ていました」

スマートフォンを持って行けば足がつくと思ったのだろう。杏樹は河口がトイレに行っている間に、彩子のマンションから抜け出したようだ。

「どんなメッセージが来てたの？」

「これです」

画面いっぱいに映し出されたのは裸で後ろ手に縛られ、意識がない様子の杏奈の写真だった。

彩子は舌打ちをした。

「あまりにも予想通りの展開過ぎて目も当てられない」

「確かにそうですね。むしろ、杏樹さんの妹だと分かっていて今まで無事でいたのが幸運だったのかもしれません」

「もともと杏樹は杏奈のためなら自分を犠牲にできた。でも、これじゃあ同じことの繰り返しなのに。ふたりとも悪魔の手に落ちたらふたり揃って破滅する」

「それでも。杏樹さんは杏奈さんのために何かせずにはいられなかったということでしょうね」

悔やんでも仕方がない。杏樹が去った今、速やかにしなければならないことがある。

彩子は庄司の元に駆け寄った。

庄司は現場に呼び戻した藤山からさらに詳しい事情を訊き出しているところだった。

「庄司さん、河口さん借りてもいい？」

「何言っているんだ？　この状況で。やることが山ほどある」

「杏樹が私の情報を一切合切持って鬼塚の元に行こうとしてる。もう捕まってるかもしれない。早くうちに帰って必要な情報を隠さないとすべてを盗まれるかも」

庄司はイライラしながらも同意しようとしたが、他の部下からとんでもないことを報告された。

「庄司警部、大変です。また、妊婦の遺体が見つかりました」

「なんだって？」

そういえばまだひとり死んでいない犯人がいた。『爪』のコレクターだ。

彩子は爪を集めていたのは鬼塚ではないかと予想していた。彩子の指が六指あることに対するメッセージだと考えていた。次はおまえだ。そのうちおまえだ。というメッセージ。まだ鬼塚ではないと決まったわけではないが、この混乱のタイミングで遺体が発見されたことに凄まじい違和感が拭えない。

何かが大きく動いている。そして、沢山罠が仕掛けられている。

どこから、手をつけていいのか分からないくらいだ。まだ点が足らず線にならない。けれども、やれることからやらなければならない。彩子は河口と自宅マンションへ急いだ。

彩子はコンシェルジュに、杏樹が出て行った時間を確認した。もう四時間以上前だという。いまだに鬼塚の潜伏先は分からないが都内であることは予想がついていた。『悟りの園』の本部が鎌倉にあることを思えば、鎌倉の可能性も捨てられない。しかし、『悟りの園』の代表である忍野の自宅が松濤《しょうとう》にあることを思えばやはり、都内のほうが分がありそうだ。

彩子はマンションの自分の部屋に入るとあらゆるチェックをしてから、ため息をついた。

「杏樹は杏奈を諦めないけれど、私を敵に回したくもないみたい」

「どういうことですか？」

「私があげた私の孫指ストラップをスマホからわざわざはずして持っていってるから」

河口は彩子に初めて会った時に渡された樹脂製の孫指のことを思いだした。実に悪趣味だと思った一品だった。

「杏樹さんがあれを持っていったとしたら、それは彩子さんを敵に回したくないというだけではないと思います」

「じゃあ、何？」

「友情からとか、彩子さんの思い出にとか。まあ最悪魔除けかもしれませんけど」

「友情……。うーん……。でも、まあ助かった。これで杏樹の足取りが追える」

彩子は自分のスマートフォンのアプリを起動させた。

「あれは本当に魔除けのつもりで渡したの」

「まさか、あの孫指に……」

「GPSを入れたの。小さいけど超高性能でめちゃくちゃ高いやつ」

彩子は画面を見てアプリのパスコードを解除して地図を表示させた。すると、予想外のものが表示された。

「河口さん、気をつけて、もう……」

彩子は言いながら画面から目を離して河口のほうを振り返ったが、河口は何かうわごとめいたことを呻くと、どさり音をたてて床に崩れ落ちて行った。

「ごめんね、彩子……」

床にうつ伏せになった河口の背中には注射器が刺さっていた。彩子は謝る人物を見た。その背後には、河口から奪った銃を構えている男が控えていた。

「杏樹……」

彩子のスマートフォンに表示された地図は寸分狂わず、このマンションの建物を指示していた。つまり杏樹は一度ここから出たものの再びマンションに戻っていたということになる。コンシェルジュは恐らく後ろにいる男が足元かどこかで脅していたのだろう。彩子は素早くアプリを閉じた。

「ごめん。彩子を連れて行かないと、杏奈を殺すって言われたの」

「まあ、そういう風に使われるカードだからそうやって脅すのが順当だよね。だからこそ冷静になって欲しかったけど仕方がない。杏樹の後ろにいる人。その人、忍野慶次さんだよね？　忍野さん、危ないから銃は下ろして」

忍野は名前を言い当てられたことに目を見開いた。彼の額はギラギラとねばついた汗で光っていた。広報誌の写真やテレビ出演の時の爽やかで毅然《きぜん》とした様子は微塵《みじん》もない。

追い詰められた様子の忍野を見て、彩子はこれは慌てなければいけないと思った。鬼塚はもうこの男に見切りをつけている。もう彼は鬼塚にとってジョーカーでもエースでもキングでもクイーンでもない。

いつでも放り投げられるカードになってしまっている。これは『悟りの園』にいる人間の命が鬼塚の手の中にあるということだ。

「こちらからも、お願いだ。君が来てくれないと私は彼女を殺さなければいけなくなる。君が暴れたり抵抗したりしても同じことだ」

なんの茶番なのだろうこれは、と彩子はおかしくなってきた。

「サイコパスの情に訴えかけて効果があると思うならもう少し勉強してから出直してほしいところだけど、私は杏樹に借りがあるから。杏樹、これでもう、私はあんたに一生分の借りを返したからね」

「彩子、ごめん」

「あんたは、あたりまえのことをしただけ。あんたにとって、一番大事なのが杏奈だってことを甘く見てた私のミスだよ」

彩子は忍野に両手を差し出した。忍野は銃だけでなく河口から手錠も拝借して、彩子の両手にかけた。


河口が目覚めると白い天井が見えた。頭が重く体中が倦怠感に襲われている。しかし、自分の意識が途切れる寸前に何が起きたかを思い出した瞬間、身体は勝手に跳ね起きた。

「彩子さん！」

立ち上がろうとするが、自分が病院のベッドにいて、点滴が自身の腕に繋がっているのを理解した。とにかく、助けを呼ぶためにナースコールを押すと、個室の扉から現れたのは庄司だった。

「いったい何があった？　その背中に注射針を刺したのは西彩子か？　西彩子はどこに行った？」

「注射針を刺したのは彩子さんではありません。僕の記憶で考えられるのは、あの部屋に何者かが潜んでいて、彼らが彩子さんをどこかに連れて行ったということです」

「くそったれ！」

庄司はそう言いながら檻の中の猛獣のように河口のベッドの周りをウロウロと歩いた。

「庄司警部、僕が寝ていた時間はどれくらいですか？」

「きっかり六時間だ。おまえが寝ているのに気づいたのが四時間前。昨日見つかった仏さんのせいで、おまえの行動を確認するのが遅れた。死んでいるのかと思ったよ。死んでいるように見えた。まるでおまえの体重を知っているかのような薬の効き具合だと医者が言っていた。くそう。俺は別に西彩子に死んでほしいわけじゃない。けど、攫われて六時間も経っていたら……」

「大丈夫です。彩子さんはすぐには殺されません。それは本人が言っていました。鬼塚が彼女の肉体でやりたいことは、食材として彩子さんを活け造りにすることです。そのためにかかる時間の範囲内で彼女が殺されることはありません」

庄司は目を真っ赤にしていた。

「生きているか死んでいるか。それだけが問題じゃあないだろう？　あの男は人間じゃない。どんな酷い目に遭うか想像もできない」

鬼塚の実家で庄司が何を見たのか、河口は聞いていた。恐らく悪魔の存在を信じざるを得ないのだろう。河口は彩子を案じる庄司の言葉に自分があれほど彩子が彩子自身をモンスター扱いすることに抵抗があったにもかかわらず、自分も彩子をモンスター扱いしはじめていたことを恥じた。

河口は両手で自分の両頬をはたいた。

「彩子さんは自分だけはあの悪魔に立ち向かえると信じていました。僕たちにできることは彼女を探し出すことと、彼女を信じて鬼塚を捕まえるために必要な準備を整えることです。それに……」

河口は大きく深呼吸をした。

「たとえ、彼女まで犠牲になったとしても、彼女の力を借りられなくなったとしても、彼女のために、本栖さんのために、鬼塚の餌食になった沢山の犠牲者のために、それに自分自身のために、僕らが絶対に鬼塚を捕まえなくてはいけないんです」

庄司は沈黙した。河口はその沈黙を守った。

そして、互いに頷き合ってから看護師の静止を振り払い、病院を後にした。

「とりあえず、鬼塚家の人間すべてに事情を訊く。それから鑑識にあの古いほうの仏さんから鬼塚のＤＮＡを検出させて、多少こじつけてでも鬼塚の逮捕状を取るぞ」

「僕は『悟りの園』の忍野慶次に接触してみます。逮捕状が取れても鬼塚の居場所が分からなければ意味がありません」

「忍野慶次が簡単に吐くとは思えない。時間の無駄にならないか？」

「時間を短縮するために彼に協力してもらえるように働きかけたいんです」

「新興宗教の指導者がマインドコントロールされている状態だぞ？　そうとう鬼塚に飼いならされているはずだ」

河口は彩子と話していたことを思い返していた。いちかばちか。賭けてみる価値はあるはずだ。頭を使うのだ。それが彩子の真似事になっても構わない。

あの男の位置情報をつかむのだ。

河口は庄司が運転する車の助手席に乗り込むと、まだ薬で鈍っている頭で懸命に筋書きを描きはじめた。

彩子がハッと目覚めて、目に入ったのは河口と同じように白い天井だった。手錠をかけられてからすぐに彩子も薬で眠らされた。鎌倉なのか都内なのかは分からない。ここが、鬼塚の自宅なのだろうか？　体を動かそうとすると、当然のように拘束されており、動かなかった。

病室のような場所だ。少なくともあの大型トラックの中のような手術室ではない。いったいここはどこなのか？　その疑問を考え続ける暇はなく、その部屋の扉が開いた。

彩子は部屋に入って来た白衣の男の顔を睨みつける。

男はゆったりした様子で彩子が横たわるベッドの枕もとの近くに椅子を置いた。

「おはよう、彩子。随分ゆっくりお目覚めだね」

鬼塚の猫なで声に嫌悪感で背筋がぞくぞくする。

「そんなに、ゆっくり寝ていたかどうか、私には分からない」

「たっぷり六時間以上寝ていたよ。その間に分かったことがある。早く仕事にかかりたかったんだが、君はピルを飲んでいるようだね。十六歳の女の子がそんなものを飲んでいるなんて、とんでもないことじゃないか」

「本当は卵巣とか子宮を取りたかったけど父さんに反対されたし、日本じゃまっとうな医者は健康な卵巣や子宮を摘出してくれない。あんたみたいな闇医者にほじくられて、感染症で死ぬなんて御免だから、仕方なく妥協案ってとこ」

「そんなに、私が怖かったのかな？」

鬼塚は満足げに微笑んだ。

「怖い？」

彩子はふっと鼻で笑った。そうするとおなかの底から笑いがこみあげてきて、大きく高笑いした。

「怖かったらとっくに逃げてる。私が本気で逃げたらあんたには追いかけられなかったよ。私はあんたのことを怖いと思ったことはない。私の怖いって感覚は生まれる前に置き忘れて来たみたいだから。きっとあんたもそうだと思ったけど、どうやらそれは違ったみたい。ねえ、あの家にいたどっちが怖かったの？　お兄ちゃん」

鬼塚の顔は怒りで歪むだろうと思っていた。だが予想外の反応だった。鬼塚は頭を抱えて小刻みに震えていた。まるで痛みをこらえているようだった。

鬼塚邸のキッチンの床下から出て来た遺体を見た時から痛烈に感じていた違和感が拭えた気がした。鬼塚は生まれながらのモンスターなのかもしれないが、そのトリガーは養父である鬼塚征史郎だったに違いない。

「もう、大丈夫なんだ。絶対に出てこれないんだから……」

鬼塚は唱えるようにそう言ってから、荒くなってきた息をなだめるようにゆっくりと深呼吸した。

「どうして出てこれないって思うの？」

「分からない……」

やはり、あの家でやったことを覚えていないのではないだろうか？

「養父母を殺したんでしょう？」

「ああ。養母の腹を裂いてやった。爽快だったよ。私の最初の獲物だ。まだ調理はつたなかったが、あれを食べた時に私はそれまで自分が不完全だったことに気がついたよ。そして、自分の体内にある力を感じることができた」

「どうして養父ではなく養母の胎児を食べたの？　あんたを傷つけたのは養父でしょう？　養父はどうしたの？」

「父さん……」

「やっぱり、あんたは養父が怖かった。そうでしょう？」

「違う！　父さんなんか怖くない！」

鬼塚はまた頭を抱えこんだ。本当に苦しそうだった。口調が子どものようになっていることに、彩子は不安を覚えた。鬼塚は養父を執拗なまでにバラバラにしていた。恐らくもう絶対元に戻せないように、生き返らないようにだろう。自分でやったあれほどに凄惨で念入りな出来事を忘れているのだろうか。だとしたら、解離性同一性障害の可能性もある。それだとかなり厄介だ。精神鑑定に持ち込まれると責任能力の有無の話になってくる。そうするとどれほどの時間が法廷で費やされるか見当もつかない。そんなことには付き合いきれない。

彩子は玲子が獄中で自殺した時、自分の母親はこの上なく無責任だと思った。彩子が鬼塚に狙われていると知っていて、守ることを放棄してしまったのだ。

けれども、最近になってようやく気づけた。それは本栖との疑似家族体験の影響や、杏樹と杏奈の関係から気づけたことだった。もしかしたら玲子にとっては、このとんでもないモンスターも守るべき対象だったのではないかということだ。

あの家で鬼塚が行った悪事のすべてを闇に葬るために、何もかもが明らかにならないように玲子は自分で自分の口を噤んだのだとしたら？

人間の心というものは複雑すぎる。だが、母親として玲子が鬼塚にしてやったことだったとしても、彩子はやはり玲子の自殺は無責任だと思った。

玲子がすべきだったことを自分がやらなければいけないのだろうか？

——何があっても絶対に殺すな。おまえがサイコパスな上、身体に痛みを感じないのは本当に不幸な巡りあわせだ。誰かを殺してもおまえは何も感じないかもしれない。まるでゲームで戦争ごっこをするようなものだろう。けれど、頼むから人間であろうとしてくれ。誰であっても死なせないように手加減することを覚えるんだ。そして、おまえは自分の身体を知らなければならない。痛みが分からないのは死に直結する。どれくらいのダメージでどうなるのかを身体の他の感覚で覚えるんだ。

殺すな。死ぬな。

あの山中湖の別荘で空手を教わっていた時の本栖の言葉が彩子の胸に去来する。鬼塚のせいですべてを失った本栖が何度も教えてくれた「殺すな、死ぬな」このふたつは絶対に正しい。けれども、敵である鬼塚を知れば知るほど、自分の中の正しさは揺らぐ。

いっそ、今すぐ殺してしまえばどんなに簡単だろう。

やろうと思えば今すぐにでもできるはずだ。そのほうが彩子の人生にとってはメリットが多い。裁判が長引くことも、次から次へと鬼塚が余罪で告訴されることも、被害者からの民事訴訟も死刑が執行されるまでの長い期間も発生しない。

何度も事件の話題がリバイバルされることもない。

いっそこの男を殺したほうが自分の人生が脅かされる頻度は間違いなく減るだろう。

今までも何度となく考えたことだった。そして、思い出すのは本栖の顔だった。本栖はどこまで想像していただろう。彼は今こうして確実に彩子の防波堤になっていた。

父さんは真実正しい人だった。正義に関しては父さんならどう考えるかが標準を合わせやすかった。見せかけの正義に踊らされる人間とは違う。だからこそ庄司はいまだに父さんの死を受け入れられないのだろう。

彩子は念仏のように頭の中で「殺すな。死ぬな」と唱え続けた。

鬼塚の呼吸はしばらくすると落ち着いた。そして、何事もなかったかのように椅子から立ち上がった。

「君は次の生理が来るまで命拾いをしたようだね。うん。わが妹ながら実に賢いやり方だった。自分の脳をオークションにかけたのも中々斬新だったよ」

「詐欺師で簡単に誰でも殺すあんたと違って、私は常にフェアプレイを心掛けているから頭を使うんだよ」

「うん。君が女だったことと無痛症だったことはとても残念だ。残念なことにどちらも私の食欲を刺激してしまうからね。君を食べてしまったら大きな楽しみがひとつ失われるのは惜しくもあるけれど、君は私ほどではないにしろ頭もいいようだから、なるべく早く調理しないとリスクの方が膨らんでくるからね」

「私を生かしておくのがリスクだって言うなら、あんたの頭の中はスポンジみたいにスカスカだと思うけど。私より足りないってことでしょ?」

「挑発には乗らないよ。それから、君の腹が膨らむまで世話をしてくれる人間を用意しているから、楽しみにしていたまえ」

鬼塚はそう言い残して部屋を去って行った。ここは鬼塚の自宅ではないらしい。彩子は自分の右手の孫指を動かしながら、どうすれば遺体にならずに、鬼塚の自宅にたどり着いて、そこからさらに遺体にならずに生きて帰れるのかを考えていた。

ドアをノックする音が聞こえて彩子は右手の孫指を動かすのをやめた。現れた人物を見て驚く。

「杏奈、まさかあんたが私の世話をするって言うの？」

杏奈は白い飾りっ気のないワンピースを着ていた。それは見覚えがあった。『悟りの園』の出家信者たちが着ていた。ホラー映画に出てきそうな白装束に長い髪。そんな女たちばかりだった。杏奈がこの恰好で現れたということはこの場所は教団内部と考えて間違いなさそうだ。

「先生に私にしか頼めないって言われたから」

「杏樹は？　杏樹はどうしているの？」

「お姉ちゃんは教義を理解していないから、忍野先生のところで矯正していただいているの」

杏奈の空っぽの黒目にどれだけ杏樹が絶望したか彩子は簡単に想像ができた。そして、今何をされているのか考えるとゾッとした。杏樹は洗脳工場のベルトコンベアに乗せられているのだ。

「あんた、杏樹をだましてここに連れて来たことをなんとも思わないの？」

「私はお姉ちゃんと一緒になんて暮らしたくなかった。でも先生が姉妹でいがみ合うのは醜いことで教えに反するとおっしゃったから」

「そもそも、どうしてあんたはこの『悟りの園』にいるの？」

「忍野先生が養護施設に訪問してくださったの。初めて希望がどういうものなのか分かったんだ」

「自分で考えることをやめることが希望ってこと？」

杏奈はムッとして彩子を睨みつけた。

「先生はあんたとなるべく話すなって言ってた。先生の妹はサイコパスだから言うことを絶対聞いてはいけないいんだって」

そう言うと杏奈は彩子の左腕に着けられていた点滴の中に何かを混ぜた。

そうか「忍野先生」と「先生」と呼び分けているのか。杏奈はふたりの男の言いなりということだ。そして、なるほどどと思った。鬼塚は想像していた以上に間抜けではない。

彩子を冷凍保存できたら一番よかったのだろうが、それでは活け造りにできない。けれど、彩子をずっと拘束しておくのは大変なことだ。リスクを減らすためにできることが眠らせておくことなのだろう。これならば彩子の思考回路をシャットダウンさせることもできる。

考えることと考える時間を彩子から奪ってしまうのだ。

薬にあらがおうと瞼を持ち上げるが、たまらない眠気に彩子はふたたび瞳を閉じた。

彩子の人生において、初めて「絶望」の二文字が彼女の頭をかすめた。

庄司は鬼塚真人の逮捕状を取るべく奔走していた。養父母である征史郎と富貴子を殺害した凶器がなかなか見つからない。家宅捜索をしている最中におぞましいものが鍵のついた物置きから見つかった。それは古びた写真やカセットテープやＶＨＳだった。夥しいほどの犯罪の記録であり、証拠であり罪を犯した人間の戦利品でもあった。

それは、養父である征史郎の性犯罪の記録だった。調べさせたところ、鬼塚征史郎はまだ鬼塚本家にいた未成年のころに、近所に住む女子高生を襲い逮捕され示談が成立していた。

もちろん、それは最初の事件でも最後の事件でもない。

鬼塚征史郎の親兄弟は征史郎が問題を起こす度にもみ消していたようなのだ。庄司が本家の長男と話をしたところ当時一家は富貴子と結婚すれば落ち着くだろうと考えたらしい。

「でも嫁をもらっても征史郎の悪い癖は治らなかったんですよ」

「悪い癖という言い方はおかしいです。明らかに犯罪でしょう？　どうして、警察に突き出さなかったんですか？」

「家族だからそうしろと年老いた両親に言われたからです」

「いったい、どれだけの人間があなたの弟さんの餌食になったと思いますか？　女だけじゃない老若男女手当たりしだいの人間が被害に遭っているんですよ？」

鬼塚征史郎の兄の顔は疲れ切っていた。

「ええ。分かっています」

そう、きっぱり言った彼の声は諦めに満ちていた。

「私は自分の子どもたちだけはなんとしても守りたかった。私たちが告発してどうなります？　弟は自分のことしか考えられない人間です。きっと最も効果的な方法で私たちに復讐したでしょう。私たちにできたことは両親の死をきっかけに弟と縁を切ったことだけです。それでも、これから私たちは弟とその子どものしたことによって責められるのでしょうね。刑事さん、私は確かにあれの兄です。でも、兄であっても、いや、兄だからこそ余計にあれの気持ちは分かりません。どうして同じ兄弟なのにこんなことができるんでしょう？　私のほうが教えていただきたいくらいだ」

鬼塚征史郎の兄に事情を訊いて間もなく、庄司は征史郎の兄の妻と鬼塚真人のビデオテープが見つかったと部下から報告を受けた。

その数日後鬼塚征史郎の兄は自宅で首を括って死んだ。

妻と離婚し子どもたちも母方の姓に改めさせた後だったという。

庄司はやりきれない気持ちでいっぱいになりながら、それでも、凶器を鬼塚邸の庭から発見し、どうにか鬼塚真人の逮捕状を請求した。

——遅い。

庄司は逮捕状がなかなか出ないことに一抹の不安を覚えていた。もしも、彩子が言っていたように鬼塚の持っているコネクションが単なる小悪党だけでなかった場合どういうことになるのか。それが庄司の不安の正体だった。

そして、その不安は現実となった。

「庄司さんちょっと」

庄司が捜査一課の自分のデスクに向かおうとすると、部下のひとりが声を潜めて来客を告げた。その来客はこちらに背を向けていたが部下に誰が来たのか聞いていた庄司は目を鋭くさせた。相手は蛇と呼ばれている男だ。油断は一切できない。

「これは、これは、鷹取《たかとり》警視正。公安のエリートがこんなところに、いったいなんの御用ですか？」

名前を呼ばれて回転椅子をゆっくりと回して男は鋭く庄司を睨みつけた。庄司のデスクで長い足を組んでいる。蛇の威嚇だな、と悪態をつきたいのを庄司はこらえた。

公安の蛇と呼ばれている鷹取京平《たかとりきょうへい》は唇の端にわずかに笑みを浮かべた。彼は本栖や庄司のようにノンキャリの叩き上げとは違う。鷹取はキャリアのエリートだ。冷静沈着でともすると残酷な一面を見せると、良くも悪くも名高い。年はまだ四十をやっと過ぎたところだろう。そして、その鷹取は庄司をなだめるように話しはじめた。

「庄司さん、悟りの園の関係者はまずいですよ。彼らは国家の敵ではありません」

「上から言われたのか？　どうもなあ。おかしいんだよ。警視庁のデータベースが漏れているんだ。捜査一課では徹底的に内部調査をした。しかし、だ、うちにはおかしいところがひとつもない。そろそろ大袈裟にしなければならなかったところなんだ。そうか。公安かあ」

庄司は声をひと際大きく張り上げた。鷹取は庄司のその様子に少しも動じることなく、薄い笑みを浮かべたままだった。

「言いがかりはよしてください。不確かなことを言うのはよくないことですよ。とにかく悟りの園の関係者はまずいんですよ」

庄司は本栖が警視庁を去ってから、自分の怒りの沸点がかなり下がったことを時折反省していた。しかし、最近になってようやく自分が怒る前に本栖が怒っていただけだということに気づいたところだった。

そして、その庄司の怒りは頂点に達した。

「おまえは、自分の部下の頭部が爆弾で吹き飛ぶ瞬間を見ても、今と同じように笑っていられるのか？　甲斐性のない上司でおまえの部下は気の毒だな」

鷹取の右の眉が上がり一瞬表情が歪んだが、眉はすぐに下がった。

「そうですね。確かにあれはいただけませんでした。捜査一課の手痛いミスでしたね」

庄司は鷹取につかみかかろうとしたが、後ろにいた庄司の部下が庄司を抱きかかえるようにして止めに入った。

怒り狂う庄司を観察するように眺めると鷹取はまた薄く笑みを浮かべた。

「でも、まあ、お気持ちは察していますよ。代々木パーキングエリアの件を黙っていられないのは当然のことだと思います。あんなことになることを予想できなかったのは公安のミスでもありますし、本栖さんが亡くなってから、どうもあの男の動きが危なっかしいんですよね」

「落としどころはなんだ」

「こちらとしては『顧客台帳』だけは公安に譲ると約束していただきたいんです」

「なんだと？」

「庄司さん。あれを警視庁が流出させたら私もあなたも命はありませんよ。私たちだけじゃない関係した人間すべての命が危うくなります」

庄司は黙り、鷹取と睨み合った。その場にいた庄司の部下にとっては永遠にも感じられるような沈黙が続いたが、ついに庄司が破った。

「『顧客台帳』を公安に譲ると約束すれば、鬼塚の逮捕状はすぐに出るんだな？」

「ええ。間違いなく」

「分かった。条件は飲む。一刻も早く逮捕状を出してくれ」

鷹取はゆっくりと頷くと捜査一課を後にした。その姿が完全に消えると庄司は鷹取が座っていた自分の椅子を思い切り蹴っ飛ばした。

「ちくしょう！　公安は鬼塚がどんな商売をしていたか知っていやがった！」

庄司は悔しかったが、鷹取の言い分も理解はしていた。よほどの上客が沢山いるのだろう。せめて鬼塚だけは逮捕せねば。庄司はこれ以上部下を失いたくなかった。

不満は残るが、これで鬼塚を逮捕することはできる。拉致された彩子は救うことができるかもしれないのだ。

「皮肉なもんだな、本栖。結局、俺も西彩子に振り回されてる」

庄司はそう独りごちると、電話をかけた。


杏樹は彩子を拉致してからというもの後悔ばかりしていた。杏奈を助けるために仕方なくやったことだったのだが、当の杏奈はどうやらあの写真のことを知らないようなのだ。コラージュだろうか？　とも考えたが、そこまでの手間をかけるようにも思えないし、彩子が薬を打たれて、まるで強制終了のスイッチを押されたかのように意識を失うのも見ていた。

もしかしたら、杏奈は酩酊状態で写真を撮られ、レイプされたのではないだろうか？

杏樹が気がかりなことをそのまま口にすると、杏奈は鼻息も荒く怒りはじめた。

「そんなことあるわけないじゃない。健全な教えの場でなんて汚らわしいことを考えてるの？　大体何しに来たの？　私は別にお姉ちゃんと一緒になんて暮らしたくなかった。でも忍野先生も先生も姉妹は一緒にいたほうがいいって熱心に言ってくださったの。お姉ちゃんはちゃんと、教義を教わってここでの生活に一刻も早く慣れてね。私はここを出ていくつもりないから」

ここほど安全な場所はないと杏奈は言う。

まるで杏樹がやったことがなんの意味もないことだったと言われているようで最初は辛かった。なんのために彩子を差し出したのか分からなくなる。おまけに杏奈は彩子に起きているかもしれないことをまったく理解しようとしてくれなかった。そんなことあるはずがない、の一点張りだ。そしてついに、杏奈に対して疑惑が浮かんできた。杏樹も彩子も杏奈に嵌められたのではないだろうか？

悟りの園は杏樹にとっては不気味そのものだった。

出家信者の女たちはみなシーツをそのまま被っただけのような白いワンピースに長い黒髪をなびかせていた。

杏樹もその恰好を強いられている。これが杏樹の心を憂鬱にさせた。

出家信者はやけに若い女が多かった。熱っぽいまなざしで「教義」を語る様子が杏樹を後ずさりさせた。

彼女たちの目は大きく見開かれていた。けれどもそこに自分の心は映っていないようなのだ。

女たちの身の上話は、杏樹と杏奈と同じくらい悲惨なものが多かった。杏樹はこの一連の事件に悟りの園が絡んでいると聞かされて、宗教なんかにハマる人間の気が知れないと彩子に言ったことがあった。そうすると彩子はクスクス笑ったのだ。

「杏樹は意外とハマるタイプだと思うよ。あんたには自分じゃあ埋められない何かがあるから。妹にこだわるのもそれが理由かもしれないしね。それに、信じたら救われるって、自分で何も考えなくていい仕組みでしょ？　何も考えなくていいのって実際はかなり楽だし、人間には誰かに従いたいという欲望もあるのかもしれないと思うんだ。それもひとつの快楽なんじゃない？」

杏樹はそう言われてぶうぶう文句を言ったら、彩子はまたクスクス笑った。

「自分で埋められない穴なんて本当はないって分かっていれば大丈夫だし、自分で考えることを諦めなければこんなのにハマったりしないよ」

まざまざと、あの時彩子が言っていた言葉が胸に浮かぶ。

杏奈と女たちの言う「教義」が羊の鳴き声に聞こえてくる。

メエメエメエ。

意味など分からなくてもいいのだ。ここにいる理由さえあれば。自分と離れている間どんなに杏奈が酷い目に遭ってきたかを杏奈本人から聞かされた。

杏樹が人殺しだからだと何度も罵られた。

メエメエメエ。

杏奈は杏樹のコインの裏側だ。もしかしたら、自分が杏奈のようになっていたかもしれないのだ。でも、杏樹は杏樹だ。杏奈や他の女たちのようにメエメエメエと鳴きたくなかった。

着せられたこの白い装束はきっと羊の証なのだ。

ただし、迷える子羊ではなく、時が来れば屠殺《とさつ》される家畜。

ここは彩子の言う通りきっと牧場だ。

医療少年院を出る時に杏樹は心に誓った。もう私は誰にも搾取されないと。それを忘れかけるところだった。私は絶対に搾取されない。

搾取しようとする相手が自分にとって一番大切な妹であったとしても。

彩子を探そう。

きっとまだ殺されてはいないはずだ。この教団施設内にいるかどうかは分からないけれどいる可能性だってまだあるはずだ。

自分に割り当てられた部屋の二段ベッドの下で同室の女たちが寝静まるのを杏樹は微動だにせず待ち続けた。そして、羊の皮を脱ぎ捨てて、ここに来る前に着ていたデニムを履いてライダースジャケットを羽織ると、そっと部屋を抜け出した。


庄司が公安の蛇と戦っている間、河口は忍野慶次と対峙していた。

まず、河口は忍野の松濤にある自宅で張り込みをした。そう簡単には接触できないだろうと思っていたが、鬼塚に握られている忍野の弱みが、彩子が話していた最悪なものだったとしたら、交渉は可能だとも考えていた。

お抱えの運転手が運転する車で忍野は現れた。河口が自宅の駐車場に入ろうとする後部座席の窓を軽く叩くと、忍野はさも迷惑そうに窓を少しだけ開けた。河口が捜査一課の刑事であることを知ると表情をこわばらせた。鬼塚について尋ねると、当然のように何も知らないと言う。

河口は一か八かの勝負に出た。

「忍野さん、あなたにはお嬢さんがふたりもいる。今なら、まだあなたの家族は救えると思います。僕はあなたを追い詰めたいわけじゃない。むしろ、助けたいと思っています。あなたがなんで苦しんでいるかを、僕は知っているんです」

忍野の顔は真っ青になっていた。

「何を知っているって言うんだ？」

河口は恐る恐るこう言った。

「僕は、あなたが何を食べてしまったかを知っています」

忍野の目が大きく見開かれた。目の下のくっきりと浮かんだクマとこけた頬。疲労しきった顔に河口は確信した。彩子の最悪の推理はきっと間違っていない。

この人は食べてしまった。

忍野の自宅は広大な日本家屋で立派な日本庭園があった。個人宅とは思えないほどの規模の庭で大きな池には橋まで架けられていた。河口は庭を歩く忍野について行った。

橋を渡りながら、池の鯉にエサをやる忍野の瞳はうつろだった。

庭の一番奥にあった東屋にたどり着くと、忍野は決意したようで河口に語りはじめた。

「河口さん、私は父が大嫌いだったんだ。父は自分の責務や職務を商売と認識している人でね。たまたま親の仕事を受け継いだ。そういう感覚の人だった。商売としての無責任な布教をしていてね。私が一番酷いと思ったのは日本中のがん専門の病院の患者リストをかき集めていたことだ。命を失うかもしれない人や家族を失うかもしれない人は、急に生き死ににについて考えなくてはいけなくなるからね。こういう時によりそってくれる第三者によりかかりたくなる。父はターゲットとして狙いをつけても、本人の意思で入信したのだから問題はないという考えの人だった。私はそれに納得がいかなかった」

忍野は大きくため息をついて話を続けた。

「私は何度も父を糾弾した。本当に救われなければいけない人がいると主張してね。だから、貧困にあえぐシングルマザーや、様々な事情で家族といられない少年少女に手を差し伸べて来た」

「はい。以前雑誌か何かで拝見したので知っています」

「私は正しいことをしているつもりだった。教団も若者が増えて活性化したし、良い世の中を作る指針を示すことができるとも思った。何より、何か困っている人が『悟りの園』に来ればどうにかなると認識してくれるようになればいいと考えていたんだ」

「ええ、実際に困っている方がかなり入信して出家信者になっていると聞いていています」

「ああ。そのとおりだ。でも、私は父がしていたのよりずっと酷い搾取をしている」

忍野の絞り出すような声には悲哀と悔恨が満ちていた。そして、諦観と失望も滲んでいた。

「僕はあなたのお父さんのやっていたことが正しかったとは言えません。でも、少なくともあなたはなんの下心もなく困っている人を救いたかったのでしょう？　もし、あなたがお父さんのような気質であったならば鬼塚はあんな手段は取らなかったかもしれない。あなたが正しくあろうとしたがために、鬼塚はあの手段を選んだ。本当に運が悪かっただけだと思います。忍野さんはたまたま鬼塚の目に留まってしまった。あなたが鬼塚の欲しがるものを持っていたから」

「運が悪かった。本当にそれだけだろうか？　私はあの男に何か見透かされていたのかもしれないとも思うんだよ。河口さん私はね、あれを美味しいと思ってしまったんだ。あの男の前で何度も美味しいと言ったよ」

忍野の衝撃の告白に河口は動揺を悟られないよう微動だにしなかった。

忍野が体験した現実の恐ろしさと残酷さに胸が苦しくなる。

「それが、あの男の狙いだったんです。あなたの心に一番揺さぶりをかけられる方法をあの男は選んだ。それは忍野さん、あなたがとても善良な人だからに違いありません。そして、鬼塚の言いなりになる他なかったのも、それが理由だと思います。あなたは罪の重さに耐えなければならなかった。家族や信者のためにも」

忍野は嗚咽を上げて泣いていた。河口は忍野が落ち着くまで待った。

「あのことだけは誰にも知られたくなかった。そのためになんでもしてしまった。この罪を償おうと思ったら私が何回死んでも足りないくらいだよ」

河口は緊張して皮膚がゾクッとしたが、努めてゆっくりとした口調で確認した。

「爪を集めていた三人目の実行犯は、忍野さん、あなたですね」

「ああ。そうだ。彼に言われるがまま私に救いを求めていた女性を手にかけ、爪を剥いだんだ」

「吉田の妹を手にかけたのもあなたですね？」

「その通りだ」

「任意同行していただけますか？　それから僕たちが一刻も早く知りたいのは鬼塚の居場所です。恐らく彼が西彩子を誘拐しました。知っていることをすべて教えてください」

「西彩子を誘拐したのは私と杏奈の姉だ。拘束して教団内にある医療施設に入れた。ただ、もうそこにはいないだろう。私たちは監視されている。君と私が接触していることを彼は知っているはずだ」

「教団内にいないのなら、どこへ連れて行ったんですか？」

「分からない。でも彼の一番のお気に入りの家は鎌倉の別荘だ。私にとっては最悪の場所だ。あそこで……。河口さん、人間というものはね、どんなにおぞましいことでも慣れてしまうんだよ。信じられないだろう？　私もいまだに信じられないんだ。あんなことができてしまった自分が怖くてたまらないんだよ」

手錠はかけなかった。忍野がもうどこにも自分の逃げる場所などないと分かっているようだったからだ。河口が自分の乗って来た車の後部座席に忍野を乗せて運転席に座ると、スマートフォンが震えた。着信は庄司だった。

「こっちは最悪だ」

「まさか逮捕状が取れなかったんですか？」

「取れることは取れたが、条件付きだ。公安が圧力をかけてきた」

「とんでもなく偉い人が鬼塚の上客にいるってことですね」

「本当に胸糞の悪い話だよ。そっちはどうだ？」

「最悪です。鬼塚はもう教団内にはいないかもしれないし、最近住んでいた家や別荘にもいないかもしれません」

「どういうことだ？」

「とにかく、忍野さん、いや、三人目の実行犯の忍野慶次を連れて帰ります」

「なんだって？」

「このままだと最悪の結果になりかねません。慎重にならないと。あの悪魔に逃げられるかもしれないなんて最悪だ」

「河口、とにかく急いで帰って来い」

河口は通話を終了し、車を発進させた。さっきまで凍えるような寒さの東屋にいたのに、手にはハンドルが滑りそうなほどぬるぬるした汗をかいていた。

手詰まりになってしまったらどうしようという焦燥感がそうさせていた。

彩子はまだ無事のはずだ。だが彼女を追うヒントが何も残されていなかったらどうすればいいだろう？　彼女だったらどうするか考えろ。

考えるんだ！

そう自分に言い聞かせながら、河口は捜査一課に向かった。


目覚めると白くない天井が目に入った。それは見覚えがある天井だった。まさかここに連れてこられるとは思いもしなかった。彩子は夢を見ているのではないかと疑ったくらいだ。

けれども、確かにこれほど意外な場所はない。ここに彩子がいるとは誰も思いつかないだろう。

この天井は本栖と暮らした山中湖の別荘の自分のあの部屋だ。自分を守るために本栖とふたりで作った要塞で監禁されるとはなんとも皮肉なことだ。

それにしてもどれくらい眠っていたのだろう。彩子は拘束されてはいたものの動かせるだけ手足を動かしてみた。

筋力にはさほど衰えを感じなかった。

数週間ではなさそうだ。けれど、時間の経過が分からないのは本当に不便で苛立たしかった。

「おはよう、彩子。よく眠れたかい？　私が思っていたよりも捜査一課の人間は優秀なようだね。それとも君が彼らに何か入れ知恵をしたのかな？　忍野が逮捕されてしまったよ」

鬼塚はゆったりとした様子で彩子が横たわるベッドの脇に座っていた。忍野が簡単に自供したということだろうか？　だとすれば河口はうまく交渉したのだろう。彩子を誘拐した時のあの様子では、いっそのこと、もう捕まえに来てほしかったくらいだったのではないだろうか。

鬼塚に出会う前の忍野が情報どおりの人間であったとしたなら、最悪の秘密が既に捜査一課に知られているとなると、他の罪の告白など呼吸をするよりも簡単だったはずだ。

「あんたの脅迫の効果がなくなっただけだよ。忍野慶次にとって一番の恐怖はあんたの存在じゃなかった。自分の家族があんたに犯されたり、殺されたり、手料理を振舞われたりすることだった。そう考えると、あんたの牧場は完璧ではなかったってことだね。それに、今回は母さんに死体を処理させた時とは違う。あんたは全国に指名手配される。日本中のどこにいたって警察があんたを血眼になって探すよ。刑事を殺しているから警察は絶対に諦めない。覚悟したら？　美食のこだわりなんて捨てないと逃げきれないよ？」

「あまり認めたくはないことですが、想像以上に君が手ごわかったからですよ。それと忍野の精神も崩壊寸前でしたからね。引き際はわきまえていますよ」

彩子はふんと鼻で笑った。

「私なんて、あんたが描いている台本通りに殺したところでひとつも面白くないと思うよ？」

「おや？　ユニークな命乞いですね」

「別にあんたに命乞いなんてしてない。許しを請うなんてこともありえないから。あんたに許されなきゃいけないようなこと、私にはひとつもない。でもあんたはあんたの父親と同じで人の顔に浮かんだ苦痛が何よりのごちそうなのに、私みたいな泣きも叫びもせず、いつの間にか失血死するような人間があんたのごちそうになるとは思えないって言ってんの」

父親というキーワードで鬼塚は明らかに表情を硬くした。

「私が父さんと一緒だと言いたいのですか？」

「同じでしょう？　違うの？」

「同じはずがない。似ているはずがない。本当の親子じゃないんですから」

「養子は建前でしょ？　ＤＮＡ鑑定でもはっきりしてるのに、まさか、本当に知らなかったの？」

鬼塚は首を振った。彩子はＤＮＡ鑑定の結果を本当は知らなかったが、鬼塚に揺さぶりをかけるために平然と嘘をついた。

「ああ。あの父親と血のつながりがないことがあんたには救いだったんだね。そうだよね。認めたくないよね。子どもだった自分を蹂躙《じゅうりん》していた男が本当は実の父親だったなんて。そのせいなんでしょ？　あんたが不能なのは」

「うるさい！　黙れ！」

彩子は高らかに笑った。

「私の父さんが教えてくれたよ。一番気にしている図星に的中させると大概の人間は怒るんだって。あんたも大概の人間だったね。あんたが私を殺したい本当の理由は、私だけが母さんに愛されて育ったという思い込みからでしょう？　私を活け造りにしたいだなんて単なる詭弁《きべん》にすぎない。あんたは母さんが獄中死するなんて思っていなかった。けれど、母さんはあんたのすべての罪を背負って自殺した。たったの十四歳であんたを産んだ母さんだけが、あんたを愛していたってことにどうして気づけないの？」

「嘘だ。そんなはずない。そんなことがあるはずない。君は事実を捻じ曲げようとしている」

「そうだね。私は必要ならいくらでも嘘をつく。けど今言ったことはあんたの認知が歪んでいるという事実だよ。もう一度、西玲子がなぜ死んだかを考えな！」

鬼塚は彩子を睨みつけた。そして、ややあってから、あの嫌味なほどの穏やかなアルカイックスマイルを見せた。

「危なかった。まんまと術中にはまりそうになりましたよ。彩子、君は本当に手ごわい。あまり使い続けると血肉に影響しそうなので嫌なのですが仕方ありませんね」

また、眠らせるつもりか。彩子は点滴に薬が入れられるのを悔しい気持ちいっぱいで見つめているうちに意識を失った。

彩子は鬼塚が去ってから一時間ほどじっとしていた。今の時間が分からなかったし、上に鬼塚以外の人間がいるのかどうかを確認したかったからだ。真夜中なのだろうか？　物音ひとつしない。チャンスはそう沢山あるわけではないが、行動するのが早ければ早いほど生存確率は上がるはずだ。ベッドに縛りつけられる時間が長くなればなるほど体力と筋力が落ちてしまう。

きっと河口や庄司だって、この場所に彩子がいるとは思わない。けれども、鬼塚より有利なことがひとつだけあった。この家のことを誰よりも知っているのは彩子だということだ。

恐らく数時間は気づかれることはない。鬼塚はまだ、彩子が眠っていると思っているはずだ。あの時意識を失ったふりをした彩子は、鬼塚が部屋を出て行ってから体を右によじらせて左腕の点滴の針を抜いた。

それからじっと一時間様子をうかがったのだ。

どうやら、上には鬼塚以外の人間はいないし、今は眠っているか、出かけているようだ。彩子は拘束具を時間をかけて少しずつ切断し、カテーテルも抜き、その場で自分の身体を確認するように床でゆっくりとストレッチをした。

彩子がもし相手を逃がさないために何をしてもいいというルールを与えられたなら、きっとターゲットの手足を折るか切断する。彩子はそれを一番に確認したのだが、どこの骨も折れていなかった。鬼塚は折れたり切断したりした四肢は見たくないのだろうか。

けれど、これで自分に有利な点が、もうひとつあると分かった。身体が自由に動くならできることは沢山ある。

彩子は備蓄がしまってある棚の扉を開け、水と栄養補助食品を取り出した。どれくらい食事をしてないかも分からないので、栄養補助食品を口に入れると、飴を溶かすようにゆっくりと咀嚼した。

念のためその部屋に取り付けてあった固定電話の受話器を取ってみたが、うんともすんとも言わない。電話で助けを呼べたら楽だったが、そこまで望むのは贅沢というものだろう。

ただ逃げるだけなら今すぐにでも可能だが、鬼塚を逃してしまうことにもなる。鬼塚を逃がすわけにはいかない。

河口に蟻地獄と言われたこの部屋を本当に蟻地獄にするにはどうすればいいのか彩子はじっくりと計画を立てた。

今はもう鍵はかけられていないが重たい蟻地獄の蓋が開く音が聞こえた。部屋の中がパッと明るくなる。彩子はベッドの下で待ち構える。チャンスは一度きりだろう。備蓄の中に入っていた警棒をどう動かそうか何度もシミュレーションし、くるぶしを狙うことに決めていた。

足が視界に入った瞬間にフルスイングで骨を叩き割るつもりでくるぶしを殴った。どすんと倒れる音と一緒に聞こえた呻き声に違和感を覚えて、弾けるようにベッドの下から飛び出した。

倒れているのは鬼塚ではなかった。

「杏樹？　どうして？」

彩子がくるぶしをフルスイングした相手は杏樹だった。杏樹はよほど痛いようで声も出せずに悶えていた。それでもどうにか言葉を発した。

「私のこと信じてもらえないのは当然だし、私のせいでこんなことになってるけど、どうしても彩子を助けたくって」

「正直言うと最悪のタイミングだよ。ねえ、スマホ持ってる？」

「ごめん。悟りの園に入る時に取り上げられたから持ってない」

「孫指は？」

「孫指？　ああ、あのストラップ？」

杏樹はライダースジャケットのポケットを探った。爪に赤で書かれたＤＥＡＴＨの文字にこれほど安らぎを覚えるとは皮肉なことだ。河口は有能だから孫指の動きに、そのうち気がつくはずだ。ただ、いつ気づくかは分からない。

「そのストラップ絶対になくさないで。杏樹、今日の日付を教えて？　私が誘拐されてからどれくらいたっているのかを知りたい」

杏樹は気まずそうに日付を教えた。

「ちょうど一週間か。じゃあ、今、きっと捜査本部はカオスだね。それから今何時？」

「二時過ぎ。あの男が出かけたから、今なら逃げ出せると思って」

「鬼塚は今いないの？　それはこの上ない朗報だよ」

彩子は備蓄から、救急セットを取り出すと、自分で殴った杏樹のくるぶしに湿布をし、更にテーピングで固定した。

「私だったらこれで走れるけどどう？」

「走るのは無理かな？　歩くのは大丈夫みたい」

ふたりは彩子の蟻地獄から這い上がるように出た。杏樹はふと疑問を口にする。

「彩子、拘束されていたでしょう？　どうやって解いたの？」

彩子は杏樹の目の前で右手の孫指をピンと立ててから、左手で指を引き抜いた。杏樹の顔が恐怖でこわばる。

「何それ！　嘘でしょう？　信じられない！」

彩子の孫指は第二関節の途中から先がなかった。正確には第二関節から先は安全カミソリ程度の刃渡りのセラミック製の小さなナイフでできていた。これで拘束を解いたのだ。

彩子が樹脂製の自分の孫指を作り続けたのは、西玲子のグルーピーを喜ばせるためではなかった。爪よりはましな程度の刃物かもしれないが、自分が決して完全な丸腰にならないために孫指を作り続けたのだ。

「第一関節がないわりによく動かせていたでしょう？　ピアノを弾いていたら河口さんはいつか気づくかもと思ったけど、意外と気づかれなかった。それより、やっておきたいことがあるし、杏樹にもやってもらいたいことがあるんだ」

彩子はペンにキャップをするかのように孫指を元に戻して、杏樹にニッと笑って見せた。

杏樹がこの別荘にたどりついた方法は単純だった。悟りの園で彩子を探していた杏樹は、杏奈が決まった時間にいなくなることに気づいていた。杏奈の後をつけると、そこは教団内部の医療施設で、ここが一番あやしいと思ったのだ。そして、彩子はちょうど移動させられるところだった。

杏樹は慌てて医療施設から一番近い駐車場に行き、彩子が乗せられるとしたらどの車かを考えた。ストレッチャーがそのまま乗るような車だ。そんな車はたまたま一台しかなかった。それにあらかじめ乗り込んでおいたのだ。最悪この車を使わなかったとしても、追いかければいいだけだと思った。

予想通り彩子が積み込まれ、鬼塚が車を発進させた時、杏樹の心は安堵と恐怖のまったく真逆の感情ふたつに引き裂かれそうだった。

怖い。彩子と違って私はあの男が怖い。杏樹はつくづくとそう実感していた。早くこの場から逃げたかった。けれど彩子はあの男を捕まえるまで逃げるわけにはいかないと言う。

地下から出ると、彩子は鬼塚の私物だと思われるパソコンを開いていた。そのパソコンは杏樹も確認していたが、当然のようにオフラインで外界と通信ができない役立たずだ。けれど彩子にとっては関係ないらしい。何かを確認しているようだった。

そして、彩子は鬼塚が帰ってきてからの作戦を杏樹に話して聞かせた。

「いい？　もう一度繰り返して」

彩子は杏樹に段取りを復唱させた。

「あの男が帰ってきたら、まず、私は裏口から脱出する。あいつが乗って来た車に乗り込んで近くの交番かコンビニで助けを求めて河口さんと連絡を取る」

彩子は頷いた。

「杏樹はそれだけを徹底してやって。私はあいつと戦う」

「大丈夫なの？　彩子、一週間もほとんど何も食べてなかったのに」

「大丈夫。これ以外の選択肢はないよ」

「逃げればいいのに」

「逃げるっていうのは私の辞書にはない」

「ごめんね。彩子……。私のせいだ」

杏樹は顔をふせて喉を詰まらせながら彩子に謝った。

「もういいって、私とあの男は直接対決する運命だったんだよ。絶対に勝てるから」

杏樹は彩子の言葉を信じるしかなかった。


鬼塚は富士吉田市内のホームセンターで白昼堂々、買い物をしてから、さらに別荘から一番近いコンビニで買い物をした。レジで会釈をするとコンビニのオーナーは愛想笑いを浮かべて挨拶をし、商品をスキャンしはじめた。昨日あの家に入る前にここで買い物をした。その時に話を弾ませて事情を話してある。

いくら周辺に似たような別荘が多くても、生活の拠点にしている地元の人間は沢山いる。鬼塚はまずこの男に挨拶をし、自分は高級家具デザイナーで、アトリエ兼自宅としてあそこに住むことに決めたのだと、気さくな雰囲気で説明した。

おしゃべりな男だから話は拡散されていくだろう。

決していかにも籠城生活をはじめるように思われてはいけない。せめて半年くらいはあそこにいられる猶予が欲しい。田舎の人間というものは用心深く疑りぶかい。こそこそすればするほど彼らの好奇心をくすぐってしまうし、余計な反感も買う。

コンビニオーナーはあの陰惨な事件のあった物件に住む人間がいることに戸惑いを隠せないようだったが、事故物件を気にしないのは彼が若くて、変わり者だからだろうという鬼塚が作り上げた印象を信じた。

世間話をしていると他の来客を知らせる機械音が鳴った。入口を確認したオーナーの顔がパッと明るくなった。

「いらっしゃい！　長浜さん、ちょうどいいとこに来た」

「ええ？　なんなの？　何度も言うけど、うちはクリスマスケーキなんていりませんからね。あと、おせちも今年はいらないいんだから」

長浜は自分の言葉に自分でしょんぼりとしているようだった。

「そんなんじゃないって。まあほんとはおせち予約してほしいけどさ。ほら、この人、昨日から本栖さんの家に引っ越してきたんだって」

「え？　嘘でしょう？　彩子ちゃんから何も聞いてないわよ」

彩子のことを『彩子ちゃん』と親しげに呼ぶ人間はこの世に長浜佳子しかいない。鬼塚は敏感にそのことを察知し、初対面のこの老婦人を注意深く見た。

「こんにちは。塚原《つかはら》と言います。昨日こっちに来たばっかりなんですよ」

「塚原さん。私は長浜と言います。本当にあの家に住むの？」

「ええ。一回いわくつきの家に住んでみたかったんですよ。事故物件サイトで探してから、不動産屋で何件か見せてもらってあの物件、僕の条件とぴったりだったんですよね」

「そう？　私ねえ、ご縁があってあそこに住んでいたご家族とは仲良くさせていただいているのね。以前は家事手伝いみたいなこともさせてもらっていたの。あそこのお嬢さんは今、上京していて、中々こっちには来られないから時々掃除なんかしていたのだけど、そのお嬢さんから、あそこを売るとも貸すとも聞いていないのよねえ」

鬼塚は自分の運の良さに我ながら驚いていた。

鬼塚が調理をしている時になんの予告もなく長浜に来られては、すべてが台無しになってしまう。ここで、自分が居住しているから無用な干渉はいらないことをアピールできるとは実にタイミングがいい。それにしてもこんな婆さんと彩子が交流していたとは意外だった。

「それはおかしいですね。でも、僕は不動産屋と管理会社としかやりとりしてないんで、大家さんがどうとか、ちょっとよく分かんないんですよね」

「そう。変ねえ。ちょっと気になるから電話をかけてみてもいいかしら？」

それはまずい。むしろどうにか長浜の通信手段を取り上げたいくらいだ。

「気になるならどうぞ。そういや長浜さんあの家で家事手伝いをされていたと言っていましたよね？」

「ええ」

「僕、あの家のオーブンの使い方が分からないんですよ。あれってガスですよね。今時珍しくないですか」

手提げのバッグからスマートフォンを取り出そうとしていた長浜はオーブンの話になってバッグの中を探るのをやめた。

「あら、あなたお料理なさるの？」

「はい。まあ男の料理なのでガサツなもんですけど」

「そうなの、あのガスオーブンはすごくいいわよ。私あれでパンを焼くのが好きだった。ちょっと古くて点火にコツがいるのよねえ」

「長浜さん、もし、お時間あるなら、ちょっとうちによって教えてもらえませんかね？」

「いいわよ。ここにもコーヒーを飲みに来ただけだから」

「じゃあ、うちでコーヒーをごちそうしますよ。車で来られてるんですか？」

ここにきてコンビニオーナーが口を挟んだ。

「長浜さんは、運転ができないんだ。本当は五キロ先の純喫茶に行きたいところを我慢してうちに来てくれてるってわけ」

「もう。余計なこと言って。塚原さん行きましょうか」

「ありがとうございます。助かります」

鬼塚は長浜のスニーカーの靴紐を踏んでほどいておいた。そして、車のドアを開けてやると助手席に乗り込んだ長浜に靴紐がほどけていることを指摘した。長浜が手提げのバッグをシートと背中の間に置いて前のめりになると、鬼塚はすかさず手提げのバッグから長浜のスマートフォンを抜き取ってから静かに助手席のドアを閉めて、素早く前輪の前に置いた。車が発信するとタイヤが何かを踏んだ感覚が長浜にも分かった。長浜はまさかそれが自分のスマートフォンだとは思いもしなかった。

「あら？　何か踏んだみたい。大丈夫かしら？」

「お弁当のパッケージとかですかねえ。ゴミ箱が店内にあるのに、その辺に捨てるなんてマナーが悪いですよね」

「そうねえ」

長浜はスマートフォンが手提げのバッグからなくなっていることに気がつかなかった。塚原というこの若い男は朗らかで、そして、話をするのも聞くのもとても上手だったので彩子に電話するということをほとんど忘れていた。

そして、長浜は本当に良い隣人ができたと喜んでいた。

彩子は杏樹を裏口に待機させて自分は玄関の近くで床に耳を当て、車が近づいてくる音を聞き漏らすまいとしていた。やがて車がこちらに近づく音が聞こえてくると彩子は床から耳を離し、立ち上がって杏樹に指示をした。

「杏樹、静かにね。あいつがひっくり返る音がしたらすぐに裏から出て」

「私はとにかく車を運転してここから脱出、でしょ？」

彩子は頷いた。車のドアが開閉する音が二回聞こえた。よほど荷物が多いのだろうか？　まるで新居に引っ越してきた人間のような余裕ぶりがうかがえて腹立たしい。私が食べごろになるまでここで過ごす気でいるつもりだったのだろうか？　そうはさせない。

鍵がかちゃりと音を立てて扉が開いた瞬間、彩子は玄関の外マットの下に敷いておいた長めのキッチンマットを思い切り強く引いた。

これで鬼塚が天井と対面する……。はずだったのだが、甲高い悲鳴は明らかに鬼塚のものではなかった。

「長浜さん？　なんで？　どうして？」

「彩子ちゃん？　どうしてここに？」

彩子のほうが一歩遅かった。

鬼塚は素早く長浜の首に腕を回し立ち上げらせると、ナイフを首に突きつけた。

長浜の顔は恐怖に歪み、小さな身体は震えていた。

「彩子、どうやって自由になったのか詳しく訊かなければなりませんね。長浜さんはもう妊娠可能な年齢ではないので私の専門外です。けれど仕方がないので、あなたの世話をさせましょうか。長浜さんの話を聞く限り君の世話には慣れているようなのでね」

「その人を解放して。対象外でしょ？　あんたのことだから、もっといい隠れ家があるんでしょう？　そこに私だけ連れていけばいい」

「まあ、どちらにしろ、ここにはいられませんね。とても残念です。かなりユニークで監禁にうってつけの場所だったのに」

「とにかく、その人を放して」

鬼塚は長浜を殺すつもりはなかった。だが、その考えは一瞬で変わってしまう。

家の中で何が起きているのか知らない杏樹が彩子に言われていた通りに車のエンジンをかけはじめたからだ。

しかも、エンジンはかからない。くぐもった咳払いのような音が続いている。

鬼塚は躊躇うことなく長浜に突きつけていたナイフを引いた。長浜の首から勢いよく血が噴き出す。もう何をしても助からないと分かっていても彩子は長浜に駆け寄った。鬼塚は彩子に投げつけるように長浜の身体を押した。彩子の頬に、体に、長浜の温かい血が浴びせられる。

「ああ、そんな……。長浜さん、長浜さん。ごめんなさい。ごめんなさい」

彩子は小さく何度も何度も呟きながらこと切れていく長浜を抱きしめた。

エンジンがかからない。杏樹は焦っていた。けれど鬼塚は彩子と戦っているはずだ。彩子は負けないと言っていたから、よほどのことがない限り鬼塚はこちらに来ないはずだ。

もう一度エンジンをかけたがやはりかからないので一度外に出ようとした瞬間だった。

運転席のドアノブを鬼塚がガチャガチャと動かしている。

怖くて悲鳴が止まらない。どうしていいのか分からないでいると、鬼塚は一瞬いなくなった。

杏樹はもう一度エンジンをかけようと今度はアクセルを踏みながらキーを回した。かかった。

その瞬間に運転席の窓が斧で砕かれた。

杏樹は斧をかろうじてよけたものの、運転席はぐちゃぐちゃだった。杏樹はパニックになり、アクセルを踏むのを忘れた。

鬼塚は杏樹の髪をつかんで、運転席から引きずり出した。杏樹の綺麗な長い髪がぶちぶちと音を立ててちぎれる。

「ああ、杏奈のお姉ちゃんですね。せっかく姉妹で一緒に暮らせるように手はずを整えてあげたのに感謝の気持ちが足りませんね。あなたが車で逃げ出そうとしなければあの老婦人は死なずにすんだのに。人の命をなんだと思っているんですか？」

あまりにも理不尽で恐ろしい状況に杏樹は怒りと悲しみと恐怖で混乱していた。

鬼塚は杏樹をとらえると長浜の時と同じように首に腕を回し杏樹の頸動脈にナイフをあてがった。そして駐車場の真ん中に引きずっていった。

「彩子、どこですか？　十数えますよ。出てこないと杏奈のお姉ちゃんを殺します」

杏樹は混乱の中叫んだ。

「彩子、来ないで逃げて！」

鬼塚は杏樹の首に左腕を回して絞めた。杏樹の顔が赤黒くなるのを楽しんでから、ゆっくりと数を数えはじめる。

「いいち、にい、さあん、しい」

彩子は鬼塚が七まで数えたところで玄関から出て来た。

「彩子、逃げて！」

杏樹は鬼塚の腕から逃れようともがくが、鬼塚はびくともしなかった。彩子は血まみれだった。長浜の血で真っ赤に染まった頬を右手の甲で拭った。

「杏樹を放して」

「彩子、その車のグローブボックスに粘着テープが入っているからまずそれを投げてよこしなさい」

彩子は言われた通りに粘着テープを投げた。鬼塚は受け取ると杏樹をその場に正座させ後ろ手に縛りあげた。そして、彩子に後ろを向いて車のボディに手に付けるように指示した。

「本当は他の場所に傷をつけるのは視覚的に面白くないんですが仕方ありませんね」

そう言って彩子の両足のアキレス腱をナイフで切った。

杏樹は我慢できずに悲鳴をあげた。見ている杏樹のほうが痛みを感じているような気がしていた。そして、鬼塚は彩子も粘着テープで後ろ手に縛った。

「さあ、彩子こちらを向いていいですよ」

「杏樹はこのまま置いて行って。はやく他の場所に行ったほうがいい」

「ええ。他の場所へ行ったほうがいいことは分かっています。でも、今朝がた君が言ったことも一理あるような気がしましてね。ほら、あれですよ。私が父さんと同じだって」

「人の顔に浮かんだ苦痛が何よりのごちそうって話？」

「そうです。さっき、長浜さんの血を浴びていた君の表情はまさにごちそうでした。私はそれが、もう一度見たいんです」

鬼塚はそう言って、ナイフを握りなおすと杏樹の首にあてがおうとした。

その瞬間彩子は弾けるように飛んだ。予想外の動きに鬼塚はひるんだ。動きを封じるために彩子のアキレス腱を切ったはずだった。威力は弱いが鬼塚の後頭部に綺麗な右足の回し蹴りが決まった。

脳震盪一歩手前でふらふらしていると、彩子は今度は左足を使った。クリーンヒットに鬼塚は膝をつく。

「私はアキレス腱の一本や二本で動けなくなるようなやわな女じゃない。鬼塚真人、おまえだけは絶対許さない」

彩子は自分の後ろ手を取っていた粘着テープを素早く引きちぎると、まず鬼塚の右手の小指を折った。

ギャッと短い悲鳴が聞こえた。

「あんたの骨という骨を一本ずつ全部折ってやる」

「彩子、やめて！」

杏樹が制止する声も彩子には届いていない。リミッターがはずれていた。彩子はマウントを取って鬼塚の顎を狙った。鬼塚はよけたがきっと次は顎を砕くだろう。杏樹は思わず顔を背けた。

その瞬間。

その場を切り裂くように銃声が響き、彩子の動きは止まった。彩子と杏樹が音の聞こえたほうを見ると、銃を構えた河口がこちらにやってくる。

「すいません遅くなりました。彩子さん、その男から離れてください。それ以上やったら死んでしまいます」

「さっきこの男は長浜さんを殺した。杏樹も私の動きがあと一秒遅れたら殺されていた。どうしてこいつを殺したらいけないのかもう分からない」

「彩子……」

杏樹はぼろぼろ泣いていた。彩子は杏樹の泣き顔を見ているうちに自分の身体から力が抜けるのが分かった。

気づけば河口以外の私服制服入り混じって十人以上の刑事と警察官が鬼塚と彩子を取り囲んでいた。

彩子は動けなくなった鬼塚を見下ろしてからそっと立ち上がろうとした。杏樹が駆け寄って彩子を支える。

彩子が鬼塚から離れると庄司はすかさず鬼塚に手錠をかけた。

「十六時二十五分確保」

「誰か、長浜さんをお願い。別荘の中に……」

そう言うと数人の警察官が頷いて彩子と杏樹と一緒に別荘の中に入った。

救急車が呼ばれ彩子と杏樹はそれぞれひとりずつ乗せられた。

河口が彩子を見たのはそれが最後だった。彩子は治療を終えてから忽然と姿を消した。杏樹だけが、それを見送ったという。

そして、彩子が姿を消した翌日から日本中に激震が走った。

アウト・オブ・ファイル

シャルル・ド・ゴール国際空港についた少女は周囲の人間の服装をつぶさに確認した。重たそうなコートや暖かそうな帽子にマフラーなどが目に入り頷く。少し震えるような素振りをし、腕にかけていたブルゾンを着て前を合わせた。赤いカーペットの敷かれたラウンジで彼女は迎えを待っている。マニキュアでＤＥＡＴＨと書かれた小指で栗色の長い髪をくるくると巻き付けてもてあそんでいる。

しばらくすると待ち人が来た。よく見知った顔なのに思っていたより彼は長身で少女は驚いた。迎えに来る時に持ってきてほしいと頼んでいたものを受け取りパッケージを開ける。真新しいスマートフォンだ。彼に断わって人気のない場所に行き、電話をかけた。

「サリュー！　サバ？」

電話に出た相手をからかうためにわざとたどたどしいフランス語で話しかけると、電話の向こうでガタガタと何かが崩れる音がした。よほど驚いたらしい。

「彩子さん？　いったいどこにいるんですか？」

「河口さん、元気？　どこにいるかなんて言うと思う？」

「思いませんけどなんとなく察しています。怪我の具合はどうですか？」

「ちゃんと歩けるから大丈夫」

「こっちは大変なことになっています」

「へえ。どうして？」

「鬼塚の顧客データが世界中に拡散されました。国会議員や経団連にもいたようで今後どう捜査が展開するのか世界中から注目されているんです」

臓器の売買はどう考えても倫理的に許されない。売買に関係した者は社会的に制裁されるだろう。

「これ、あなたの仕業ですよね？　彩子さんは知っていたんですか？　公安に顧客リストを譲るのが逮捕の条件だったこと」

「知らなかったけど予想はしてた。だから別荘で鬼塚を待ち伏せしている間にパソコンからデータをコピーしたの」

「孫指に隠したんですね。杏樹さんから聞きました。僕も騙されました。あなたの孫指の先が樹脂でできていたなんて、あんなにピアノを弾くところを見ていたのに」

彩子は電話口でピイと口笛を吹いた。

「最初に渡したのだってかなり上手に作っていたでしょう？」

「確かにそうでした。あれも本物みたいだった。顧客リストの件は庄司さんが本当に助かったと言っていました。庄司さんは公安に譲るのが嫌でたまらなかったみたいですから。忍野慶次は恐らく死刑は免れませんが、積極的に証言してくれています」

「あの人は本当にいい人だったから残念だね。悟りの園はどうなったの？」

「忍野は解散を希望していましたが……」

「後継する誰かがいるってことか。まあいいんじゃない。いきなり全部なくなったら困る人もいるだろうから」

「ただ、杏樹さんの妹の杏奈さんは脱退して今、杏樹さんと暮らしはじめました。彩子さんの過分な報酬が役に立っているみたいです。売却できるまではあそこにふたりで暮らすようですよ」

彩子はあのマンションを杏樹へ譲渡する手続きを鬼塚の姿を見たタイミングではじめていた。すべてが終わったら要らなくなるものだったからだ。

「そうなんだ？　こればっかりはふたり次第だから、どうなるか分かんなかったけど、私の思った通りになってよかったよ。河口さん、杏樹に伝えてくれる？　私はもう絶対そこには帰らないからスタインウェイも処分してねって。河口さんならその点は力になれるよね？」

「……分かりました。弾かれることのない楽器ほど憐れなものはありませんからね」

「鬼塚はどうしてるの？」

「黙秘を頑なに続けています。そうかと思ったら記者の取材に応じて本当のことを言ったり、嘘を言ったり、混乱させ続けていますよ」

「予想通りだね」

「はい。あと鬼塚と性犯罪者の養父はＤＮＡ鑑定で親子関係が認められました。それから、彩子さんとあの養父のＤＮＡ鑑定の結果なんですが……」

「河口さん、前に父さんは……。本栖健一郎は私を娘として愛してるって言っていたよね？」

「はい」

「私も今はそう思う。サイコパスには良心がないってよく言われたけど、父さんは根気よく教えてくれた。良心って意外と学べるよ。私の父親は本栖健一郎だけでいい。そのＤＮＡ鑑定の結果は捨ててね」

河口は嬉しかった。できることなら本栖に聞かせてやりたかった。

「もう、日本には帰ってこないんですか？」

「分からない。でも日本にいるとあいつのことを考えなくちゃいけなくなるから。もう今までに十分あいつのこと考え続けたから、もういいと思うんだ。きっと責任を放棄してるっていう人も山ほどいるとは思うけど、今まで私には自分の人生がなかったから、そろそろ取り戻したい」

恐らく鬼塚真人が死刑になるまでは相当の裁判の数を踏み、更に死刑執行までのかなりの期間があるだろう。命がけで鬼塚を追い詰めた彩子にその期間までまっとうしろと言うのはあまりにも酷だ。

「それから河口さん、あの時、止めてくれてありがとう。殺さなくてよかったと今は思ってる。

私はこれからずっと人間として生きていけるよ」

じゃあ、そろそろと電話を切ろうとする彩子に河口は最後にこう尋ねた。

「また、いつかあなたに会えますかね？」

やや沈黙があって彩子は答えた。

「私、顔も髪型も名前も変えたけど河口さんは耳がいいから。いつかきっとどこかで気づくんじゃないかな」

河口は電話を切られた後もしばらくぼうっとしていた。彼女は本栖だけでなく、ピアノも愛しているのだ。そのことが河口の胸を熱くさせた。

彩子は電話を切ってジョゼに手を振った。

彼女の本当の人生はここからはじまるのだ。

彩子の行方は誰も知らない。

了

著者あとがき

「誰でもいいから殺したかった」「死刑になりたかったから殺した」事件後こういった発言をする殺人犯が増えたのはいつからだろう？　果たして本当に誰でもよかったのか、そして本当に死刑になりたかったのだろうか？　と私は完全な正解が見つからないことをよく考えます。

本当は誰か特定の人間や社会や環境や状況に対する怒りがそうさせているのではないかといつも疑っています。

殺人事件が起きた時、大切な人を失った被害者の家族の人生は大変なものになりますが、加害者家族の人生も過酷なものになります。加害者の家族に責任があると世間が考えるからでしょうが、でも、どこまでが「家族」の責任になるのか。そして、石を投げるに近い行為を加害者の「家族」にはしてもいいとはとても思えません。けれども、残念ながら誰かが石を投げているから自分も投げていいと考える人がとても多いのではないでしょうか？　身近なSNSでもそういったことは毎日のように起きています。

こういうことをあれこれ考えているうちに、私を睨みつける少女が頭に浮かびました。

それが西彩子でした。

「私は自分が幸せになるのが許されない今の状況を絶対許さない」

彼女はこう言いました。分かったよ。それならせめて、とても過酷な状況を戦えるようにしよう。そうだ、私が大好きなハンニバル・レクターのように頭脳明晰なサイコパス。そして、痛みを感じない格闘技の得意な少女にしよう。

　こうして、このストーリーが生まれました。

　彩子は戦いに勝ちました。

　けれども、彩子のように戦えない人たちはどうしたらいいのだろう？　私はいつも最後にそこに戻ってしまいます。石を投げる人がいる限りどうにもならないのです。

　この物語を読んだあなたが、石を投げる前に彩子のことを思い出していただけたらいいなあという願いを込めて。

　このたび、ありがたいことに「エブリスタ小説大賞二〇二三　竹書房×エイベックス・ピクチャーズ　コラボコンテスト」にて竹書房審査員特別賞とエイベックス・ピクチャーズ賞をいただき、このように書籍化していただけたのはウェブで読んでくださった読者さまのおかげです。いつも励ましていただき、本当にありがとうございます。完成させてからしばらくでしたので、私も久しぶりに彩子と向き合える時間が持てたことを幸せに思います。

　最後になりましたが今回もお力をお貸しくださった竹書房の小川さま、この作品に関わってくださったすべての皆さまに盛大な感謝を。ありがとうございます。

二〇二四年　十月　　　　　　　　　　　　星月　渉

エブリスタ

国内最大級の小説投稿サイト。

小説を書きたい人と読みたい人が出会うプラットフォームとして、これまでに200万点以上の作品を配信する。大手出版社との協業による文学賞開催など、ジャンルを問わず多くの新人作家発掘・プロデュースを行っている。

http://estar.jp

レクターガール・サイコ

2024年12月12日　初版第一刷発行

著者……………………………………星月渉
装画……………………………………カオミン
装幀……………………………………坂野公一＋吉田友美（welle design）

発行所…………………………………株式会社　竹書房
〒102-0075　東京都千代田区三番町8-1　三番町東急ビル6F
email: info@takeshobo.co.jp
https://www.takeshobo.co.jp
印刷・製本……………………………中央精版印刷株式会社

■本書掲載の写真、イラスト、記事の無断転載を禁じます。
■落丁・乱丁があった場合は、furyo@takeshobo.co.jp までメールにてお問い合わせください。
■本書は品質保持のため、予告なく変更や訂正を加える場合があります。
■定価はカバーに表示してあります。
© 星月渉 2024 Printed in Japan

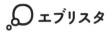